Joh. Jacb Im Hof

**Der historienmaler Hieronymus Hess von Basel**

Geschichte seines Lebens und Verzeichnis seiner Werke

Joh. Jacb Im Hof

**Der historienmaler Hieronymus Hess von Basel**
*Geschichte seines Lebens und Verzeichnis seiner Werke*

ISBN/EAN: 9783743374485

Hergestellt in Europa, USA, Kanada, Australien, Japan

Cover: Foto ©Raphael Reischuk / pixelio.de

Manufactured and distributed by brebook publishing software (www.brebook.com)

Joh. Jacb Im Hof

**Der historienmaler Hieronymus Hess von Basel**

Der Historienmaler

# Hieronymus Heß

von

Basel.

Geschichte seines Lebens und Verzeichnis seiner Werke

von

Joh. Jacb. Im Hof

Präsident
des Basler Kunstverein.

Mit 32 Tafeln in Lichtdruck und zahlreichen Text-Illustrationen.

Basel.
C. Detloff's Buchhandlung.
1887.

Buchdruckerei Emil Birkhäuser, Freiestrasse 51, Basel.

# Inhalt.

|  | Seite |
|---|---|
| Vorwort | 1 |
| Die Familie und die Jugendzeit | 5 |
| Der Aufenthalt in Italien | 7 |
| Rückkehr in die Vaterstadt und Studium Holbeins | 14 |
| Der Aufenthalt in Nürnberg | 16 |
| Das Leben des Künstlers in Basel | 19 |
| Humor und Satyre | 25 |
| Historische Bilder und Cartons zu Glasgemälden, Portraits und Copien | 35 |
| Heß als Lehrer | 40 |
| Lebensnoth und Lebensschluß | 42 |

# Vorwort.

Es ist mir Bedürfniß des Herzens, aus den Erinnerungen meines Lebens das Bild eines talentvollen Basler Künstlers für das gegenwärtige Geschlecht, welches ihn nicht mehr persönlich gekannt hat, in schlichter Weise darzustellen. Schon ist ein Menschenalter seit dem Hinschiede von Hieronymus Heß verflossen, aber noch steht sein Bild lebhaft vor mir, der ich zuerst als sein ungelehriger Schüler, später als Freund seiner Kunst vielfach mit ihm verkehrte. Zudem sind mir aus dem Nachlaß von Herrn Alexander Gysin allerhand Schriftstücke, Briefe und verschiedene eigene schriftliche Aufzeichnungen des begabten Malers gütigst zur Verfügung gestellt worden. Daß dem schon im Jahre 1850 dahingeschiedenen Meister in der langen Zwischenzeit kein eingehendes biographisches Denkmal gesetzt worden ist, hat jedenfalls nicht darin seinen Grund, daß das künstlerische Schaffen dieses in seiner Art und Weise eigenthümlichen und ausgezeichneten Mannes ein solches nicht rechtfertigen würde. Vielmehr bestätigt dieser Umstand wieder den alten Satz, daß der Prophet am wenigsten zu Hause gilt, und daß die Basler das Fremde besser zu würdigen wissen, als das Eigene. Umsomehr fühle ich mich verpflichtet, das Andenken des theilweise durch eigene Schuld viel und schwer geprüften Künstlers mit möglichster Treue aufzufrischen, ehe ich selbst aus dem Kreise der Lebenden abberufen werde. Dabei wird hinlänglich Gelegenheit geboten sein, auf die Zustände der Kunst und ihrer Freunde und auf das Leben der Künstler in Basel während der ersten Hälfte dieses Jahrhunderts einige Streiflichter zu werfen und so einen kleinen Beitrag zur Kulturgeschichte der Vaterstadt zu liefern.

Mein Zweck, zugleich ein möglichst vollständiges Verzeichniß der Compositionen von Heß zusammenzustellen, wurde durch das bereitwillige Entgegenkommen der Besitzer über Erwarten erleichtert, und bin ich dafür aufrichtig dankbar, wie besonders für die gütige Ermächtigung, von den Originalen die artistischen Beilagen herstellen zu dürfen. Namentlich fühle ich mich verpflichtet, für die mir vom Präsidenten und vom Conservator unserer öffentlichen Kunstsammlung in dieser Hinsicht gewordene ausgiebige Unterstützung den verbindlichsten Dank auszusprechen. Das der öffentlichen Kunstsammlung von Herrn alt-Bürgermeister Dr. J. J. Burckhardt-Ryhiner zur Erinnerung an Hieronymus Heß geschenkte Album hat mir vielfach als treffliche Wegleitung gedient.

J. J. Im Hof.

## 1. Die Familie und die Jugendzeit.

Der Familienname Heß ist vor anderen ein Künstlername, finden wir doch im Künstlerlexikon außer einigen unbedeutenden nicht weniger als acht hervorragende Künstlerfamilien des Namens Heß, nämlich in Frankfurt a. M. den Glasschneider Johann Bened. Heß mit Sohn und Enkel von 1669 an, in Darmstadt den Kupferstecher Carl Ernst Christoph Heß, geb. 1755, in Dresden den Maler und Kupferstecher Carl Adolph Hrch. Heß, geb. 1769, in Düsseldorf den Schlachten- und Genremaler Peter Heß, geb. 1792 und den Maler Carl Heß, geb. 1801, in München als einen der Direktoren der Königl. Akademie den Historien- und Freskomaler Hrch. Maria Heß, geb. 1798, und in Zürich den 1760 geborenen Landschaftsmaler und Kupferstecher Ludwig Heß, den Freund von Salomon Geßner.

Hinter all diesen Künstlern des Namens Heß steht unser Basler Hieronymus Heß keineswegs zurück. Derselbe wurde geboren am 15. April 1799 und war der Sohn des Kornmessers Johann Heß und der Frau Margaretha geb. Roth († 1810). Die Familie Heß besteht in Basel schon sehr lange. Nach dem Bürgerbuche von Lutz wurde ein Werpli Heß im Jahre 1372 nach dem ersten Zug gen Istein und ein Goldschmied Hrch. Heß von Constanz im Jahre 1444 als Bürger aufgenommen. Das Amt eines Kornmessers, welches der Vater unseres Heß bekleidete, besteht längst nicht mehr; bis zum Anfang unseres Jahrhunderts mußte alles Getreide, welches in die Stadt verkauft wurde, nach dem Kornhaus gebracht und daselbst unter obrigkeitlicher Controle gemessen werden. Der Kornmesser Heß hatte außer dem nachmaligen Maler noch drei Söhne, von welchen der eine als Verwalter des Zuchthauses, der andere als Spitalpfarrer gestorben ist; der dritte war ein Handwerker.

Bei Hieronymus zeigte sich die künstlerische Anlage schon sehr frühe. Die Brüder Heß, die beiden Grunauer und die drei Brüder Kündig (der nachmalige Pfarrer Eucharius, der früh verstorbene Hieronymus und der noch lebende Andreas) verlebten als Nachbarskinder alle Freistunden gemeinsam. Im Sommer gings hinaus in den Stadtgraben oder auf die Schanzen. Das Hauptvergnügen war, aus sog. Schlüsselbüchsen zu schießen, d. h. aus riesigen alten Schlüsseln, welche durch Bohrung eines kleinen Zündloches auf die einfachste Weise in Schießwaffen verwandelt wurden. Im Winter bot die große Wohnstube des Kündig'schen Hauses, wo eine überaus humane und liebenswürdige Familienmutter das Szepter führte, Raum genug zu allerlei Kurzweil. Am lebhaftesten machte unser Hieronymus mit, wenn gemalt wurde. Er hatte dabei in seinem ältern Namensbruder, Hieronymus Kündig, einem geschickten Zeichner, einen freundlichen Mentor. Und welch primitives Malen war das! Die Farben wurden in Nußschalen aus Ziegelmehl, Kohle und Kreide hergestellt, als Bindemittel diente der stets in Bereitschaft stehende Speichel, als Pinsel brauchte man die Stiele der eben zum Abendbrod mit bestem Appetit verzehrten Birnen! Erst später sandte Hieronymus Kündig von der Wanderschaft aus der kleinen Künstlergesellschaft eine Farbenschachtel und einige Pinsel. Das war ein Jubel! Heß mußte sofort die ganze Tafelrunde abconterfeien, und da selbst die gütige Mutter sich von der Aehnlichkeit Aller überrascht erklärte, so wurde das Bild als Dankadresse dem fernen Geber übersch ickt.

Schon in seinem siebenten Jahre versuchte Heß mit freilich noch ungeübter Hand den damals zum letzten Male mit großem Gepränge stattfindenden Küfertanz darzustellen, welchen Gegenstand er dann gegen das Ende seines Lebens nochmals als Jugenderinnerung mit der Genialität des gereiften Künstlers zur Darstellung gebracht hat. Einer der Genossen seiner kindlichen Malversuche, der als ehrwürdiger 90jähriger Greis noch lebende Herr Andreas Kündig, wurde zum Behuf dieser zweiten Abbildung der alten Zunftsitte von Heß gebeten, ihm für das dabei übliche „Reifschwingen" Modell zu stehen. Herr Kündig erinnert sich noch mit Vergnügen daran, wie er die vom Vater erlernte zünftige Kunst dem Maler immer und immer wieder vordemonstriren mußte.

Durch jenen Erstlingsversuch und namentlich durch ein Aquarell nach Adam Elzheimers Gemälde „Die Versuchung des hl. Antonius" zog der junge Heß die Aufmerksamkeit eines fleißigen hiesigen Künstlers, des Maximilian Neustück, auf sich. Zunächst freilich kam Heß nach seinem Austritt aus der Schule zu einem gewöhnlichen Flachmaler in die Lehre, allein er fand an dem eintönigen Geschäfte des Anstreichens wenig Gefallen und bedeckte viel lieber, während sein Meister auswärts arbeitete, die Wände der Werkstätte mit Portraits und Karrikaturen. Schließlich rieth ihm sein Meister selbst an, dem Handwerk zu entsagen und die Künstlerlaufbahn zu betreten. Und so finden wir denn Hieronymus Heß als sehr jugendlichen Lehrling in dem Neustück'schen Atelier, wo neben dem Vater, einem nicht sehr hervorragenden Landschaftsmaler, noch zwei Söhne arbeiteten: der Bildhauer Heinrich, nachmals Lehrer unserer Modellirschule, und der Aquarellmaler Johann Jakob, beide später als Genossen der sog. „reichen Pfrund" in unserm Bürgerspital verstorben. Uebrigens machte Heß als Neustück's Schüler in kurzer Zeit solche Fortschritte, daß der Lehrer weit überflügelt war. Als Denkmal dieser Lehrzeit besitzen wir einige Blätter, welche uns das Neustück'sche Atelier veranschaulichen; in drolliger Weise führt uns Heß die Künstler und ihre Freunde vor, und es zeigt namentlich die Darstellung des Kunsthändlers Lamy schon unverkennbar den künftigen Meister in der Karrikatur. Was ein Häkchen werden will, krümmt sich bei Zeiten!

Es herrschte damals in Basel ein reges Interesse für die Kunst und es blühte in Folge davon die Kunsthandlung der Herren Birmann & Huber in hohem Maße. In diese Kunsthandlung trat Hieronymus Heß als Jüngling ein, und es ist wohl auf die Veranlassung seines Prinzipale Birmann & Huber geschehen, daß er im Jahre 1818 das mannigfach vervielfältigte Blatt, den damaligen Kunstverein darstellend, gezeichnet hat. Es hatte sich nämlich hier im Jahre 1812 hauptsächlich auf Anregung von Herrn Peter Vischer-Passavant eine Basler Künstlergesellschaft gegründet, als Zweigverein der im Jahre 1806 zu Zofingen gegründeten schweizerischen Künstlergesellschaft. Der neue Verein fand sofort großen Beifall und eine äußerst ansehnliche Mitgliederzahl. Das Künstleralbum, in welches jedes Mitglied eine eigene oder fremde Arbeit zu liefern hatte und welches im Jahre 1813 von Marquard Wocher mit einem sinnigen Titelblatt eröffnet wurde, war bald mit werthvollen Beiträgen angefüllt. Schon 1819 mußte ein zweiter Band begonnen werden. Aus dieser Zeit, nämlich vom Jahre 1818, stammt das figurenreiche Bild von Heß, darstellend die sämmtlichen Mitglieder der damaligen Basler Künstlergesellschaft. Die schwierige Aufgabe ist mit solcher Virtuosität bemeistert, die einzelnen Personen so ähnlich porträtirt und so fein charakterisirt, und es herrscht in den einzelnen Gruppen eine solche Lebendigkeit, daß wir lange zweifelten, ob dieses Bild wirklich von einem 19 jährigen Jüngling herrühren könne. Allein es kann gegen die Heß'sche Autorschaft angesichts der in der Birmann'schen Sammlung aufgefundenen zwei Generalskizzen und zehn Detailstudien durchaus kein Zweifel mehr erhoben werden. Von Künstlern sind auf diesem Bilde dargestellt: die Maler Achilles Benz, Friedrich Meyer, Peter Birmann, dessen zwei Söhne Samuel und Wilhelm, Marquard Wocher, Samuel Frey, Rudolf Vollenweider, Alois Neigerlin, Rudolf Braun, Isaac Fürstenberger, die beiden Luttringshausen, Wilhelm Oppermann, Matthäus Bachofen und Maximilian Neustück, dann der Kupferstecher Rudolf Falkeisen und die beiden Künstler, Kunstverleger und Kunstfreunde Wilhelm Haas und Christian von Mechel. Mitten unter diesen Künstlern bewegen sich auf dem Bilde die noch zahlreicheren Kunstmäcene, zumeist Gründer der Künstlergesellschaft, nämlich Prof. Faesch, Stiftschaffner Dienast, Rathsherr Peter Vischer und sein Sohn Peter Vischer-Passavant, Daniel Burckhardt-Wildt, Deputat Huber, Prof. Huber, Bürgermeister Ebinger, Merian-Iselin, Architect Stähelin, Carl, Jeremias und Leonhard Burckhardt, Prof. Legrand, Georg Vonder Mühl, Lukas Vischer, Carl Hagenbach, Joh. Jakob Bachofen, Ryhiner-Frischmann und Oberst Wettstein. Da wir überdieß für einige der Abgebildeten die Namen nicht kennen, so dürften auch die Maler Joh. Jakob Awengen, Johann Jakob Biedermann, Peter Recco aus Amsterdam und der Graveur

Samson auf dem Bilde zu suchen sein. Nicht abgebildet sind von den damaligen Mitgliedern der Künstlergesellschaft nur fünf, nämlich Pfr. Theophil Passavant, Stadtrath Wilh. Müller, Zimmermeister Christoph Eglin, sowie Emanuel und Cäsar Streckeisen. Das ganze Bild ist ein überaus ansprechendes Denkmal des regen Interesses, welches am Beginn unseres Jahrhunderts hier in Basel in allen Schichten der Bürgerschaft und namentlich bei den socialen und intellectuellen Spitzen derselben für die Kunstbestrebungen herrschte. Das blutige Abendroth des 18. Jahrhunderts hatte ja allerdings den Untergang einer in den höheren Ständen eingerissenen Frivolität, daneben aber auch den Zerfall von unendlich viel Schönem und Edlem beleuchtet, und nun war es dem zweiten Decennium unseres Jahrhunderts beschieden, ein rosiges Morgenlicht namentlich über dem Wiederaufblühen der schönen Künste glänzen zu sehen. Näheres über jene schöne Zeit der alten Künstlergesellschaft hat Staatsschreiber Dr. G. Bischoff (1864 in einem Neujahrsblatt über Peter Vischer-Passavant zusammengestellt.

Unser Heß hatte damals nicht nur für Birmann & Huber zahlreiche Copien speziell nach Peter Birmanns eigenen Bildern zu malen, sondern er bekam auch vom Rath 1817 den Auftrag, die drei Holbein'schen Bilder „Falculus", „Dentatus" und „Charondas" zu copiren. Die drei grossen Aquarellbilder befinden sich noch in unserer öffentlichen Kunstsammlung. Den nämlichen Gegenstand hat Heß damals auch für seine Prinzipale sowohl in Aquarell als in Federzeichnung ausgeführt. Der gleichen Zeit wie diese Copien nach Holbein entstammen einige selbständige Arbeiten, nämlich verschiedene Abbildungen einer Verbrecherbande, von welcher die drei Hauptsrädelsführer vor dem Steinenthor enthauptet wurden, besonders aber ein hervorragendes Bild, darstellend eine religiöse Versammlung der Frau von Krüdener bei den Häusern am Grenzacherhorn. Diese Arbeit, auf welcher die theils aus religiösem Interesse, theils aus Verlangen nach den materiellen Wohlthaten der vornehmen Russin von nah und fern herbeigeströmten treffend charakterisirt sind, erinnert an die Zeichnungen von Calot und zeigt eine aussergewöhnliche Auffassungs- und Darstellungsgabe (Tafel I).

Dass diese bei Heß bald noch mehr entwickelt wurde, hatte auch er wie so viele andere Künstler einem Aufenthalte in dem Eldorado der Kunst, dem schönen Italien zu verdanken.

## 2. Der Aufenthalt in Italien.

In der Kunsthandlung der Herren Biermann & Huber lernte ein neapolitanischer Kunsthändler unsern Heß kennen, und auf die Empfehlung seiner Prinzipale wurde der angehende Künstler engagirt, nach Neapel überzusiedeln. Bei der gänzlichen Mittellosigkeit seiner Eltern mußte er froh sein, auf diese Weise Gelegenheit zur Reise nach dem gepriesenen Lande der Kunst zu bekommen.

Heß hat die Jahre 1819 und 1820 in Neapel zugebracht. Von den Arbeiten aus dieser Zeit sind vor Allem zu nennen eine Reihe von Skizzen und Radirungen, deren Gegenstände meist dem buntbewegten Volksleben des Südens entnommen sind. Jeder einigermaßen frappante Gesichtsausdruck fesselte den jungen Künstler, welcher für das Originelle von jeher eine besondere Vorliebe hatte, und mit sicherer Hand brachte er das ihm auffällig Gewordene in größter Naturwahrheit zu Papier. Man betrachte nur das habsburgische Profil des damaligen Regenten beider Sizilien.

Reichen Stoff boten dem Hang des Künstlers zur Darstellung von Charakterfiguren schon damals namentlich die Pfaffen und die Juden. Wie drastisch er jede Haltung des Körpers, jedes Spiel der Mienen auffaßte und wie sprechend er frühe schon das Alles wiederzugeben im Stande war, zeigt uns die umstehende Gruppe deutlich.

Auch zwei größere Arbeiten aus jener Zeit haben wir gerne in unsere artistischen Beilagen aufgenommen. Das in dem Besitze von Herrn Emil Forcart-Völger befindliche höchst lebendig aufgefaßte Aquarell: „Der Improvisator auf dem Molo in Neapel" (Tafel II) fesselt ungemein durch eine Fülle von originellen Figuren. Hinten das Meer mit den Kriegsschiffen und der Vesuv, dann Mylord und Mylady zu Pferd und der Pulcinello auf dem Esel. Im Vordergrunde der lebhaft gestikulirende Deklamator, umgeben von der staunenden Menge. Jede Gestalt im Kreise ein besondere charakteristische Züge darbietendes Genrebild. Auch die Thätigkeit ist nicht vergessen, von welcher Freund Riggenbach in seinen „Erinnerungen eines alten Mechanikers" mit so zarter Schonung seiner Leserinnen nur eben bemerkt, sie werde durch den Namen der ersten Station oberhalb Liestal am richtigsten bezeichnet!

Das zweite der beiden grösseren neapolitanischen Bilder von Hess ist das unserer eigenen Privatsammlung angehörende im Dezember 1820 gemalte Aquarell, darstellend „die Quadrupel-Allianz, wie sie das Königreich Neapel bedroht" (Tafel III).

Leider ist die Farbengebung dieses Bildes der Wiedergabe durch die Heliographie besonders ungünstig. Das grün gemalte Pferd ist wie die rothen Uniformen, das aufgetragene Gold, die

braunen Gesichter und die Arme des Pulcinella schwarz, dagegen das dunkelblaue Meer mit dem
Vesuv im Hintergrunde ganz licht geworden. Vortrefflich charakterisirt sind die Repräsentanten der
vier Mächte. Der stramme breitschultrige Russe mit der Knute, der gestiefelte Oesterreicher, den
Korporalstock unterm linken Arme, dann der mit dem Admiralshut bedeckte, mit großartig ge-
kreuzten Armen dastehende Engländer und der leichtfüßige, in Tanzschuhen einherschreitende Franzose
mit der unvermeidlichen irdenen Pfeife am Tschakko, den Finger drohend aufgehoben — die Deutschen
waren damals noch nicht dabei). Sehr gut ist auch die Stimmung der Neapolitaner dargestellt.
Während der Pulcinella der Allianz die Fäuste entgegenstreckt, giebt das Landvolk nach nationaler
Sitte durch Vorhalten von Hörnern aller Art seinen Abscheu zu erkennen. Des Malers eigene
Stimmung findet zu allem Ueberfluß ihren Ausdruck in zwei über den bezeichneten Gruppen
schwebenden symbolischen Gestalten: dort eine scheußliche, mit Ketten rasselnde Kriegsfurie, hier
ein Friedensengel, allerdings in der einen Hand das Schwert haltend, mit der andern aber ein
Füllhorn ausgießend. So zeigt uns dieses Bild die Liebhaberei des Künstlers einerseits für groteske
Gestalten, anderseits für politische Situationen. Auf der Rückseite des Bildes finden wir folgende
launige Reime:

> Pulcinella malcontento
> Direttor del Regimento
> Scrive a Mamma a Benevento
> Della patria il tristo evento
> Movimento, Parlamento
> Giuramento, Sguardamento
> Gran fermento, poco argento
> Armamento, gran cimento
> Fra spavento e tradimento
> Siam fuggiti come il vento
> Me ne pento, me ne pento
> Mamma cara, Mamma bella
> Prega Dio per Pulcinella
>
> April 1821.

Nachdem Heß so einige Zeit hindurch in Neapel neben der Arbeit um's tägliche Brod
seine Mappe durch mancherlei Studien nach dem szenenreichen Volksleben von Santa Lucia und
Portici bereichert hatte, gelang es ihm, aus den Fesseln seiner bisherigen Anstellung zu entrinnen
und an dem freien Künstlerleben der vielgepriesenen Roma Antheil zu bekommen. Wir werden
wohl nicht irre gehen, wenn wir annehmen, daß dem jungen Künstler die Erfüllung dieses seines
Lieblingswunsches durch seinen Gönner, den Oberst Wettstein in Basel ermöglicht worden sei. Ist
es doch, wie wir sehen werden, einige Jahre später ebenfalls Wettstein gewesen, welcher dem mittel-
losen Heß zu einem Aufenthalt in Nürnberg Gelegenheit geboten hat. In Rom fand Heß jenen
anregenden Kreis hervorragender Künstler, welche in selbständigem Schaffen der Kunst neue Bahnen
zu eröffnen im Begriff standen. Vor Kurzem hatte eine ganze Anzahl junger Künstler sich von
dem starren Pedantismus der k. k. Akademie zu Wien emanzipirt und allen offiziellen Institutionen
zur Hebung der Kunst den Rücken gekehrt. Auf Italiens klassischem Boden wollten Männer wie

Cornelius, Schadow, Overbeck, Veit und unser schweizerischer Landsmann Vogel ohne Schulzwang, nur Einer am Andern und Alle gemeinsam an der großartigen Natur und den erhabenen Kunstdenkmälern vergangener Jahrhunderte sich erhebend und weiterbildend, ihre individuellen Begabungen entwickeln. Wie sehr sie Recht hatten, beweist ihr Erfolg: mit ihnen erwachte die Kunst zu neuem Leben.

In diesem Kreise fühlte sich Heß bald vollständig heimisch und von den Fesseln bezahlter Tagesarbeit befreit, fühlte er sich in dem Bewußtsein freien künstlerischen Schaffens außerordentlich glücklich. Dies zeigt deutlich sein **Selbstportrait** aus damaliger Zeit (Tafel IV). Auf den ersten Blick zwar könnte man versucht sein, den robusten jungen Mann, der in Hemdärmeln bis an die Ellenbogen entblößt, so keck und trotzig dasteht, eher für einen Bäckerburschen zu halten, welcher entschlossen ist, den Teig gehörig in der Mulde zu verarbeiten. Allein bei sorgfältigerer Betrachtung zeigt sich uns auf der Stirn eine außergewöhnliche Energie und in dem klaren, von buschigen Brauen überdachten Auge viel Scharfblick und auch etwas Schalmerei. Unter den Arbeiten, welche Heß damals ausführte, ragt weit hervor „Die Judenpredigt", nicht zu verwechseln mit der sofort zu erwähnenden „Judenschule". Die „**Judenpredigt**" (Tafel V) gilt in kunstverständigen Kreisen als das gelungenste Werk von Heß. Das Motiv zu diesem Aquarellbilde entnahm Heß dem damals in Rom bestehenden Gebrauche, daß alle im dortigen Ghetto lebenden Israeliten alljährlich einmal einen römischkatholischen Gottesdienst besuchen mußten. Mit polizeilichem Zwang wurden die Kinder Israels in die Kirche geschleppt, militärisch wurden sie in derselben bewacht und bei der geringsten Unachtsamkeit durch die anwesenden Priester und Mönche auf das empfindlichste zurechtgewiesen. Diese Judenmission, welche den Spott jedes Vernünftigen hervorzurufen in höchstem Grade geeignet war, machte Heß zum Gegenstande sorgfältiger Studien. Das Bild, welches ungemein gewissenhafte Vorarbeiten verräth, zeichnet sich durch treffliche Gruppirung der vorkommenden Figuren, durch vorzügliche perspectivische Darstellung der Architectur und durch köstliche Charakteristik der einzelnen Gestalten aus. Heß hat diese interessante Arbeit mit einer so minutiösen Sorgfalt ausgeführt, wie später kein Bild mehr. Es lohnte sich freilich der Mühe, die Zufriedenheit desjenigen anzustreben, welcher den jungen Künstler durch förmliche Bestellung dieses Bildes mit väterlichem Wohlwollen zur Anstrengung aller in ihm vorhandenen Kraft veranlassen wollte. Es war das kein geringerer als der hochberühmte Meister Thorwaldsen, welcher gerade damals zum zweiten Male in Rom angekommen und bald auf's Neue der Mittelpunkt des römischen Künstlerlebens war. Thorwaldsen blieb, wie wir sehen werden, unserm Heß zeitlebens sehr gewogen. Heß aber hat sein Meisterwerk, zu welchem der große dänische Künstler ihm mit vollkommen richtiger Würdigung seiner besonderen künstlerischen Anlagen veranlaßt hatte, nachmals wiederholt ausgeführt, und unsere Abbildung ist nach dem in hiesigem Museum befindlichen Originale aufgenommen.

Ein Seitenstück zu dieser „Judenpredigt" bildet die ebenfalls in Rom gemalte „**Judenschule**", das Innere einer Synagoge, wobei Heß reichliche Gelegenheit fand, die originellen Typen der semitischen Rasse und deren scharf hervortretende Eigenthümlichkeiten charaktervoll darzustellen. Von diesem Bilde befinden sich hier in Basel eine Anzahl von Copien. Ein ebenfalls in Rom 1823 skizzirtes, aber erst zehn Jahre später in Basel vollendetes Aquarellgemälde stellt die Ein-

Tafel 4.

gnung der Pferde, Esel und Maulthiere dar, welche alljährlich unter den Auspizien des hl. Antonius in der Nähe des Lateran stattfindet.

Aus dem Nachlaß von Heß ist auch noch ein schriftliches Denkmal jener römischen Tage vorhanden, ein neuer Beweis, wie viel Heß mit den hervorragendsten Männern der damaligen römischen Künstlerkolonie verkehrt hat. Es ist dies eine 224 Quartseiten umfassende satirische Kunstchronik, geschrieben von Joseph Anton Koch in Rom, gewidmet „dem Herrn historienmaler Heß in Basel, dem Maler Guardianus aus Württemberg, und jedem Gleichgesinnten." Dieses Manuscript soll unter dem Titel „Kunstortische Suppe" in Carlsruhe gedruckt worden sein, doch konnte ich mir ein Exemplar des Buches nicht verschaffen. Die Form der Chronik ist die der Correspondenz zweier Freunde, von welchen der eine in Rom, der andere in der Tartarei lebt. Die Briefe beginnen mit einer Darstellung der Zustände, welche in Folge der französischen Revolution 1797 durch das Eindringen der Franzosen waren ins Leben gerufen worden. Die künstliche Wiederherstellung der alten Republik mit Consuln, Prätoren, Aedilen, Quästoren u. s. w., die Tänze des togalosen Volkes um den Freiheitsbaum, und die schließliche Regalirung der Quiriten mit Rumfortischer Armensuppe: das Alles wird köstlich persiflirt. Aus der ganzen jammervollen Nachahmung des antiken Lebens, wie sie damals zu den Füßen einer Freiheitsstatue aus Pappendeckel in Rom aufgeführt wurde, entflieht der eine der Freunde nach der Tartarei und opfert daselbst den Göttern Dankopfer, weil er in den tartarischen Steppen weder Kunstakademien noch Kunstgallerien, weder Kunstmäcene noch Kunstkritiker findet. In den Briefen aus der Tartarei ist dem frühverstorbenen Künstler Asmus Jakob Karstens ein schönes Denkmal gesetzt. Karstens hatte die Kunst mit Geist und Leben ergriffen und den schwindsüchtigen, faden und idealisirten Geschmack seiner Zeit verabscheut. Darüber hatte er aber die Gunst der Großen verscherzt und in den dürftigsten Umständen das Zeitliche segnen müssen. Dem in der Tartarei um Karstens trauernden Freunde gereicht es zu großem Troste, von seinem in Rom gebliebenen Correspondenten zu erfahren, daß die Comödie von der modernen römischen Republik schon nach dem ersten Acte zu Ende gekommen sei. Mit unverhohlener Schadenfreude wird erzählt, wie die Consuln mit auf den Rücken gebundenen Händen auf Eseln von den Sbirren durch den Corso geführt worden seien, und wie das Volk, welches ihnen noch vor Kurzem gehuldigt, sie nun zum Hohn mit faulen Eiern beworfen habe.

Aeußerst sarkastisch wird von Koch das Kriechen vor reichen Fremden als vor großen Gönnern der Kunst dargestellt. Es wird uns vorgeführt ein 80jähriger anglikanischer Bischof, Namens Lord Plumsack, ein Mann von ungeheuren Einkünften und ebensolchem Durste. Allein gerade wenn der Lord des süßen römischen Weines voll, dann können die ihn umschwärmenden Lakaien, welche sich Maler, Bildhauer und Dichter nennen, Geschäfte mit ihm machen. Lord Plumsack ist kein Freund der alten Meister, Michel Angelo und Rafael gelten ihm nichts. Dagegen schätzt er den Salvator rosa und bestellt nicht ohne Selbsterkenntniß sein eigenes Porträt bei dem Viehmaler Potter. In einem auf Goldgrund gemalten Bilde bringt der Künstler zur Darstellung, wie die ganze Leinwand und Marmor verderbende oder Sonette auf Bestellung liefernde Bevölkerung Roms jeden Morgen vor dem noch nüchternen Lord ihre demuthsvolle Ergebenheit zu bezeugen sich beeilt. Auf der Treppe und im Vorzimmer drängen sich Künstler und Professoren, jeder will der erste sein, mit geballten Fäusten machen sie einander den Rang streitig. Im zweiten

Zimmer geht es schon anständiger zu. Da erwarten Andere, den Hut in der Hand, unter dem Arme das Bildchen, Statuettchen oder Gedichtchen, womit sie sich Seiner Herrlichkeit angenehm machen wollen, athemlos auf den Zehen stehend, mit höchster Spannung den Augenblick, wo die neapolitanische Schildwache ihnen den Zutritt zu seiner Lordschaft gestatten will. Endlich das dritte Zimmer, das eigentliche Heiligthum! Hier sitzt Lord Plumsack auf einem Geldsack, zwischen zwei Nymphen (jungen Künstlerfrauen), welche ihn liebkosen. Neben ihm steht sein Schatzmeister, einen Drachen in der Hand, welcher sein Gift gegen alle Diejenigen speit, die mit der Abrechnung nicht zufrieden sind. Der Maler des Bildes hat sich selbst abgebildet, wie er mit Ikarusflügeln emporschweben will, aber vom Gotte der Zeit, dem Saturnus, unsanft bedeutet wird, er müsse Glück und Brod drunten suchen. Noch beschreibt sodann, wie Lord Plumsack seine Verehrer empfängt: „Wie seid ihr doch Alle so froh, daß ich hierher gekommen bin, wie Kätzchen steht ihr vor mir, welche spinnen, wenn man sie streichelt, wie Hündlein, welche wedeln, wenn sie ihren Herrn wieder sehen, den Mäusen gleicht ihr, die den Speck wittern". Diese nicht eben sehr schmeichelhafte Anrede wird von einem der anwesenden Künstler, genannt Spitznäschen, unter tiefen Bücklingen also erwidert: „Ja, Mylord! Sie sind der längsterschnte Stern unseres Heils, der erhabenste Gönner unseres Glückes, der über alle Kenner des Schönen weit Hinausragende, in Ihnen ist der gute Geschmack aller Mäcenaten des Alterthums und der Neuzeit verkörpert".

In diesem Stile geht es in der Koch'schen Darstellung weiter. Alle Mittel und Wege, wodurch sich die Kunst um die Gunst bewarb, alle Anstrengungen, welche gemacht wurden, um Herrschaften wie Kammerdiener zu gewinnen, werden ans Licht gezogen. Besonders schlimm wird dem Schwindel mitgespielt, welcher damals in Folge der Pompejanischen Ausgrabungen mit der Antike getrieben wurde. Es wird geschildert, wie die Arbeiter mit besonderem Fleiß des Nachts ausgruben, um entweder die Funde insgeheim fortzuschaffen und gegen schwere Thaler ins Ausland abzusetzen, oder aber das Entdeckte wieder zu verschütten und es am andern Morgen in Anwesenheit amtlicher oder fürstlicher Personen mit gutgespielter triumphirender Ueberraschung ans Tageslicht zu befördern. Auch von den vielen Fälschungen antiker Gegenstände ist die Rede und von den Versuchen, aus dem Tiber Statuen herauszufischen. Dieses Letztere sucht der Verfasser besonders lächerlich zu machen. Mit Hohn weist er darauf hin, daß bei dieser abenteuerlichen Antikenfischerei ein schöner junger Mann jämmerlich habe ertrinken müssen (übrigens hat die Folgezeit jenen Versuchen doch Recht gegeben, sind doch gerade in unseren Tagen bei der in der Ausführung begriffenen Tibercorrektion bedeutende Statuen aus dem alten Rom zu Tage befördert worden).

Besonders köstlich wird die Figur eines gelehrten Horazforschers dargestellt. Dieser würdige Mann, Verfasser eines umfangreichen Werkes über den alten Horatius Flaccus besucht auf seiner italienischen Reise natürlich auch das Dorf Licenza, das alte Digentia, wo Horazens Villa stand. Der Geistliche des Ortes, ein schlaues Pfäfflein, den der Gelehrte mit Fragen um Auskunft bestürmt, gibt sich den Anschein, als sei er höchst betroffen; „wie schade," antwortet er ihm, „daß ihr nicht drei Tage früher gekommen seid, denn da haben wir beim Umgraben des Horazischen Landgutes einen Fund gethan. Ein zwei Finger langes Eisen, oben spitz und unten breit." Entzückt rief der Gelehrte: „Ach, das ist ja der Griffel des Dichters, Horazens Stylus, ich beschwöre Euch, schafft mir das Heiligthum zur Stelle, ich will es kaufen, es koste, was es wolle." „Zu spät!" lautete die Antwort, „bereits ist der werthvolle Gegenstand an seine Eminenz den Kardinal Albani abgesandt worden, doch ist die Hoffnung nicht ausgeschlossen, daß der Stylus wieder zu bekommen sei." Hoch erfreut über diesen Hoffnungsschimmer hinterläßt der Gelehrte seine Adresse und preist, nach Rom zurückgekehrt, freudestrahlend das Wohlwollen des Geistlichen. Nur mit Mühe läßt er sich von einem weniger leichtgläubigen Freunde belehren, daß der Griffel des Horaz nur eine Erfindung des schlauen Preis gewesen.

Der in der Tartarei weilende Correspondent drückt sich in mehr theoretischer Weise über die genannten Uebelstände aus. Als die sieben Todsünden, welche die Kunst aus ihrem Paradiese vertrieben hätten, macht er namhaft: 1) Die Kunstböcker oder Mäcenaten, 2) die Kunstacademien, 3) die Kunstliteratur, 4) das Kunstantiquariat, 5) die Kunstindustrie, 6) das Galleriewesen, 7) die superkluge Kunstkritik. Mit viel Geist und Scharfsinn werden diese sieben Categorien behandelt, es wird viel Wahres gesagt und dem aufrichtigen Kunstfreund über manchen Punkt Aufklärung geboten. Der Schluß des Ganzen enthält ein feines Resumé der Kunstgeschichte bis zum Verfall der Kunst im Zeitalter des Zopfes und des Frackes.

Daß Koch (geb. 1768, gest. 1839) dieses höchst interessante Manuscript dem um eine Generation jüngeren Heß gewidmet und übergeben hat, zeigt uns am besten, daß er den viel jüngeren Schüler als vertrauten Freund betrachtet hat. Und es darf uns das nicht verwundern, der so kaustische Koch der Kunstortischen Suppe mußte an dem jungen Basler, welcher mit gleicher Derbheit ohne Ansehen der Person Kritik zu üben und seine Ansicht ebenfalls mit attischem Salz und amerikanischem Pfeffer zu äußern liebte, Wohlgefallen finden. Es herrschte zwischen Koch und Heß eine seltene Geistesverwandtschaft, und es ist begreiflich, daß Heß sich im Verkehr mit dem Meister außerordentlich glücklich fühlte. So athmet denn auch das Bild auf unserm Museum, welches Heß im Kreise seiner römischen Freunde darstellt, lauter Vergnügen. Man sieht deutlich, mit welchem Behagen Heß die Situation dargestellt hat.

## 3. Rückkehr in die Vaterstadt und Studium Holbeins.

Ende Juli 1823 verließ Heß die ewige Stadt, versehen mit einem vom schweizerischen Generalconsul in Rom ausgestellten, vom österreichischen Gesandten und von den päpstlichen Behörden visirten Passe. Dieser Paß, welcher das Datum des 21. Juli 1823 trägt, gibt uns ein genaues Signalement des Künstlers und damit die erwünschte Ergänzung der Farben zu unseres Mitbürgers Portrait. Der 23jährige pittore Girolamo Heß wird in folgender Weise bezeichnet: Größe 5 Fuß und 8 Linien, Haare und Brauen braun, Augen blau, Stirne frei, Nase und Mund mittelgroß, Bart kastanienfarben.

Ueber den Verlauf der Heimreise wissen wir nichts Näheres, der Paß gibt uns nur eben die Reiseroute an, von der Porta del Popolo über Siena, Florenz, Bologna, Mailand, Como und Luzern nach Basel, wo Heß am 22. August ankam. Ferner erfahren wir aus demselben Schriftstück, daß Heß im September und October Bern, Luzern und Zürich besucht hat. Es duldete offenbar den Maler, der an die Ausflüge in die römische Campagna gewohnt war, an den schönen Herbsttagen nicht in den düstern Mauern der Stadt. Er wollte vor Beginn des Winters in nochmaligem freiem Wandern die bisher noch nicht oder nur flüchtig gesehenen Naturschönheiten des Vaterlandes genießen. Nach Basel zurückgekehrt, beschäftigte er sich in seiner damaligen Wohnung an der sogen. vordern Steinen damit, eine Anzahl der aus Italien mitgebrachten Skizzen in Aquarell auszuführen. Daneben besorgte er aus Auftrag des Rathes in Verbindung mit Maler Senn von Liestal die Restauration von Wandgemälden im Rathhaus und ließ sich zwischen hinein um des Erwerbes willen auch Aufträge des Kunsthändlers Lamy gefallen. Der Beitrag, welchen Heß damals in das Album der Basler Künstlergesellschaft stiftete: Ein von strahlender Sonne beschienener, mit Freimaurer-Emblemen gezierter Tempel, läßt vermuthen, daß Heß zu jener Zeit der Loge angehörte. Das Blatt trägt die Jahreszahl 1823.

Die meiste Zeit des Tages verbrachte Heß damals in dem Haus zur Mücke. Dort waren die Kunstsammlungen der Universität, die Fäschische und die Amerbachische in wenig geeigneten Räumlichkeiten aufbewahrt. Unserem Heß war es hauptsächlich darum zu thun, die Werke Holbeins, welche in diesen Sammlungen enthalten waren, gründlich zu studiren. Solches Studium war aber damals dem Verehrer Holbeins nicht so leicht gemacht wie heute. Einmal fehlte es in den voll gepfropften Räumen an dem zu eigentlichem Genusse der Kunstwerke nöthigen Licht. Sodann war der Universitätspedell Scholer ein wahrer Cerberus, welcher die unter seiner Aufsicht stehenden Schätze mit Argusaugen bewachte und nur dann zuvorkommend war, wenn in seine mit dem Schlüsselbund versehene Hand ein Dukaten glitt. Gegen die armen Künstler, welche mit solchen Trinkgeldern aus guten Gründen zurückhielten, zeigte sich Scholer nicht immer sehr liebenswürdig. Es cursirte deshalb unter den Künstlern das Bonmot: „Den Scholer wir haben all' auf der Mücke." Einer derselben verewigte in einem Todtentanz auch den unliebenswürdigen Pedellen, und begleitete das Bild mit folgenden Reimen:

      Der Tod: Nun statt dem schönen Trinkgeld
                 führ' ich Dich Grobian aus der Welt.
      Scholer: Ade, Du alter Dukatenglanz,
                 Ich muß nun selbst an den Todtentanz.

Auch sonst hat Heß seine Abneigung gegen Scholer auf allerlei Weise durch wenig schmeichelhafte Zeichnungen und Aquarelle an den Tag gelegt. Und so hat der unfreundliche Pedell das Loos gehabt, welches manchem gelehrten Professor nicht zu theil wurde: Er ist von einem Künstler und von einem Dichter (Hebel) verewigt worden. Uebrigens scheint Heß sich vor dem Cerberus nicht allzusehr gefürchtet zu haben, widmete er doch alle Stunden, welche die Arbeit um's tägliche Brot ihm übrig ließ, dem sorgfältigsten Studium der Holbein'schen Bilder, welche er auf's höchste bewunderte. Er äußerte später gegen einen Freund: „Ach, wie oft habe ich diese Arbeiten schon betrachtet, und immer finde ich sie schöner, jedesmal entdecke ich einen neuen Vorzug derselben. Holbein war und ist mein Lehrmeister."

## 4. Der Aufenthalt in Nürnberg.

Heß sollte Gelegenheit bekommen, außer Holbein auch noch ein anderes Vorbild aus glorreicher alter Zeit kennen zu lernen. Sein sehnlichster Wunsch, sich auch durch das Studium Albrecht Dürers ausbilden zu können, sollte während eines Aufenthaltes in Nürnberg, Dürers Vaterstadt, reichlich in Erfüllung gehen. Veranlassung dazu gab ein Brief Thorwaldsens an den langjährigen Gönner von Heß, Oberst Wettstein-Iselin. Wettstein hatte offenbar den großen Bildhauer um Rath gefragt, in welcher Weise am geeignetsten für die fernere künstlerische Ausbildung von Heß gesorgt werden könne, und ob der Traum des jungen Malers, einige Zeit in Nürnberg leben zu dürfen, materieller Unterstützung würdig sei. Darauf antwortete Thorwaldsen zu Anfang des Jahres 1825 folgendes:

„Der Wahrheit und, wenn ich darüber befragt werde, meiner Pflicht gemäß, kann ich versichern, daß der genannte junge Künstler durch alle seine Arbeiten und Entwürfe ein sehr vorzügliches Talent für die Kunst bewährte, und daß seine jetzige Thätigkeit und sein geistvolles Treiben in den interessanten Bezirken der Kunst zu den allerschönsten Hoffnungen berechtigt. Indem ich diese erfreuliche Erfahrung gemacht, habe ich dem H. Heß nicht nur manchen kleinen Auftrag gegeben, sondern ich werde ihn, wenn sich Gelegenheit darbietet, herzlich und angelegentlich empfehlen, völlig überzeugt, daß die Gönner und Beförderer dieses jungen Mannes ihr Wohlwollen nicht leicht einem würdigeren Künstler können angedeihen lassen, und weil es das reinste Vergnügen dem wahren Künstler gewährt, wenn er auf irgend eine Weise, durch Wort oder That das vorzügliche Talent eines jüngeren Künstlers zu fördern im Stande ist. Euer Hochwohlgeboren und die übrigen Gönner des vortrefflichen jungen Mannes erwerben sich nicht nur um H. Heß, sondern selbst um die von uns Allen so hochverehrte Kunst ein wahres Verdienst, wenn dieser talentvolle Künstler durch Sie und andere Kunstfreunde in den Stand gesetzt werden möchte, seine seltenen und ungemein schönen Anlagen in dieser alten Kunststadt (Nürnberg), wo die edelsten Meister alter und moderner Zeit vorhanden sind, recht harmonisch und gründlich ausbilden zu können."

Wie sympathisch spricht dieser Brief für den großen Meister Thorwaldsen sowie für seinen Empfohlenen!

Tafel 6.

Ueber den Aufenthalt unseres Heß in Nürnberg fehlen uns nähere Angaben. Er soll auch dort einen Theil seines Unterhaltes durch Arbeiten für Kunsthandlungen erworben haben. Eine höchst willkommene und interessante Notiz über jene Nürnberger Zeit finden wir in der vorzüglichen Selbstbiographie von Ludwig Richter. Derselbe schreibt:

„Am folgenden Abend (im Juli 1825) kam ich nach Nürnberg ins „blaue Glöckli", wo die Maler gewöhnlich Herberge nehmen, und bewohnte die ganze erste Etage, die freilich nur zwei Fenster breit war und ein einziges Zimmer enthielt. Zu meiner Freude hörte ich vom Wirth, daß ein Maler das dritte Stockwerk bewohne; es war Hieronymus Heß, der Schweizer und Freund des alten Koch, dem er die Ansicht des Schmadribaches gemalt und mit Hirsch und Reh, mit Füchslein und wilden Täublein bevölkert hatte. Die beiden Landschaftsbücher, in welche Koch seine Studien von Olevano und Civitella gezeichnet hatte, enthielten eine ganze Reihe ganz vortrefflicher höchst humoristisch aufgefaßter und in Aquarell ausgeführter Basler Persönlichkeiten von Heß. Natürlich war es mir dann höchst interessant, diesen oft besprochenen alten Gesellen hier so unverhofft anzutreffen. Am andern Morgen besuchte er mich in meiner Bel-Etage, im tiefsten Négligé, ohne Hose und Weste, die Hemdärmel aufgestreift, mit ungekämmtem Haare, in dem noch Bettfedern und Strohhalme hängen geblieben waren und holte aus mir heraus, was ich von den römischen Bekannten mitzutheilen wußte. Der wirklich in hohem Grade begabte Mensch war eines jener Genies, welche sich aus einer gewissen Sturm- und Drangperiode nicht herausfinden können noch wollen und deshalb trotz großen Talentes zu keiner rechten Entfaltung und Verwendung desselben gelangen. Hier in Nürnberg zeichnete er meist für Buchhändler und machte Alles, was von ihm begehrt wurde, leider aber nichts, wozu sein Talent sich eignete und wodurch er sich hätte bemerkbar machen und einen Ruf erlangen können. Seine Art zu zeichnen hatte viel von seinem großen Landsmann Holbein, denn Heß war auch ein Basler. Sie war sicher, fast jede Linie von Verständniß zeugend; die Auffassung hatte etwas einfach Großes, Stilvolles, mit feinster Beobachtung der charakteristischen Züge seines Gegenstandes. Die Aquarelle sind gewöhnlich tief in der Farbe, und erinnern auch in dieser Beziehung an Holbein.

Ich glaube indeß, sein Element war eigentlich das Komische und der Humor; überaus humoristisch ist z. B. seine „Judenpredigt", welche Thorwaldsen besaß."

Trotzdem zwischen diesem Urtheile Richters und demjenigen von Thorwaldsen ein ziemlicher Kontrast besteht, so sind doch beide darin einig, daß Heß das Zeug zu einem bedeutenden Künstler besessen habe. Und übrigens können wir es Richter nicht verargen, daß ihm das etwas zerfahrene Wesen unseres Heß nicht sympathisch war, können wir uns doch nicht leicht zwei grundverschiedenere Menschen denken, als einerseits den genialen Satyriker Heß, und jenen sinnigen Meister andererseits, welcher unter sein Bild als schönen Ausdruck der in ihm herrschenden Harmonie das Göthe'sche Wort geschrieben hat: „Große Gedanken und ein reines Herz, das ist's, was wir uns von Gott erbitten sollten."

Als Frucht seiner Nürnberger Studien ist unter den Bildern von Heß aus der unmittelbar darauf folgenden Zeit vor allen Dingen anzusehen das 1829 zu Basel ausnahmsweise auf Holz und in Oel gemalte Bild: Die Ermordung Albrechts von Oesterreich (Tafel VI). Dieses Gemälde erregte die Aufmerksamkeit der weitesten Kreise und verschaffte dem Namen Heß weithin große

Berühmtheit. Naglers Künstlerlexikon von 1838 bringt darüber folgende Relation: „Der Kaiser wurde von seinem Neffen, dem Herzog Hans von Schwaben und dessen Gefährten, worunter der Ritter von Wart, umringt und ermordet. Bei der Darstellung dieses Vorgangs ist der Künstler genau der Auffassung der verdienstvollen schweizerischen Geschichtschreiber Tschudy, Etterlin und Johannes von Müller gefolgt. Die Oertlichkeit hat er genau so wiedergegeben, wie sie in Wirklichkeit ist. Heß wählte den Augenblick, in welchem Herzog Hans erbittert den Kaiser anfällt und ausruft: ‚Du Hund, jetzt will ich dir deine Schmach lohnen, die du mir bewiesen, und will sehen, ob mir mein väterlich Erbtheil werden mag.' Die Anordnung des Bildes ist sehr einfach bei aller Lebendigkeit, der Ausdruck der Figuren äußerst mannigfaltig und charakteristisch, das Kostüm historisch treu. Die Landschaft ist in edlem historischem Stil aufgefaßt. Auf entfernten Höhen erblickt man die Schlösser Habsburg und Brunneck. Das für einen Basler Kunstliebhaber ausgeführte Gemälde soll lebhaft an Holbeins Arbeiten erinnern." Unsere Beilage ist nach dem Originalgemälde aufgenommen. Doch existirt auch eine vorzügliche Reproduction, welche Heß im Jahre 1830 in Aquarell ausgeführt hat.

## 5. Das Leben des Künstlers in Basel.

Nach seiner Rückkehr von Nürnberg im Jahre 1827 hat Heß Basel nie mehr für längere Zeit verlassen. Es muß dies vom Standpunkte der Kunstinteressen aus aufs lebhafteste bedauert werden. Auch der Künstler selbst hat es tief beklagt, daß seine Pläne, nochmals ins Ausland zu gehen und namentlich die Kunstschätze von Paris kennen zu lernen, nicht verwirklicht wurden. Die Mißstimmung und das beklagenswerthe laisser aller, welche sich seiner allmälig bemächtigten, und die Entwickelung seines Charakters in unerfreulicher Weise beeinflußten, sind größtentheils darauf zurückzuführen, daß Heß sich in den kleinen Basler Verhältnissen von der Gelegenheit zu entsprechender Entfaltung seiner künstlerischen Anlagen abgeschnitten fühlte. Auch seine häuslichen Verhältnisse waren sehr wenig erquickend. Er hatte in der Fremde eine junge Schaffhauserin, Barbara Schneider von Dörflingen, kennen gelernt. Mit ihr wurde er am 30. Juni 1828 in der Kirche zu Arisdorf von dem dortigen Pfarrer, seinem geliebten Jugendfreund Jakob Christof Grunauer, getraut. Die Eheleute, welche kinderlos blieben, wohnten zuerst in der Steinenvorstadt, dann im Strübin'schen Hause beim Spalenthor und zuletzt in einem kleinen Hause gegenüber dem Ulsterli zu St. Johann. Die Frau war immer kränklich und frühe schon nahezu blind, verstand es aber, wenn auch nicht so gut wie Dürers Frau, das Scepter zu führen. Daß sie freilich in ökonomischer Hinsicht die Zügel an sich nahm, wird man ihr in Anbetracht der genialen Nonchalance des Künstlers nicht verargen können. Wenn Heß je eine größere Summe Geldes in die Hand bekam, so war er gar zu bald damit fertig. Und so versah ihn denn seine vorsorgliche Ehehälfte in der Regel jeweilen blos mit dem nöthigsten Sackgeld. Er bekam allabendlich 4 oder 5 Batzen und mußte sehen, wie er damit den leiblichen Bedürfnissen seiner Mußestunden gerecht wurde. Sein Eldorado war eine kleine Wirthschaft im Imbergäßchen, eine Trinkstube, wo meistens ältere Handwerker verkehrten, darunter der hochbetagte Uhrenmacher Boßhard, ein Mann, welcher allerlei Schnurriges zu erzählen wußte, hatte er doch in seiner Jugend bei Friedrichs des Großen berühmtem Reitergeneral, dem alten Ziethen, die Zimmeruhren zu besorgen gehabt. Mit Boßhard und anderen alten Philistern faß Veß als ausgeräumter, witziger Gesellschafter jeden Abend zusammen, doch waren in der Regel Alle spätestens um 9 Uhr wieder daheim.

Manchmal aber war Veß auch dabei, wenn etliche lustige Gesellen irgend einen tollen Schwank ausführten. So wurde dem bereits genannten Pedellen Scholer, der ursprünglich ein Zinngießer war und ein eigenes Haus in der sogenannten Meerenge der Eisengasse besaß, eines Abends, während er im Wirthshaus war, die Hausthüre mit Backsteinen zugemauert und in aller Eile übertüncht. Als nun der ehrsame Universitätsbeamte etwas angesäuselt heimkehrte und trotz langem Suchen nirgends eine Thüre fand, verführte er zur Ergötzlichkeit der ganzen Nachbarschaft einen Mordsspektakel, bis es endlich großen Anstrengungen von innen und außen gelang, den nöthigen Durchbruch zu bewerkstelligen.

Daß der Künstler in der Regel seine Freizeit in einer nicht gerade ebenbürtigen Gesellschaft verbrachte und sich ziemlich vereinsamt fühlte, hat seinen Grund zumeist darin, daß damals nur sehr wenige Künstler in Basel lebten. Außer dem alten Neustück und seinen beiden Söhnen waren nur noch drei mehr in Zurückgezogenheit lebende Maler da, der Landschaftsmaler Miville, der Gemsenmaler Braun und der Thiermaler Louis Burckhardt. Die einst so belebte Künstlergesellschaft war im Laufe der 20er Jahre in ein sehr stilles Fahrwasser gerathen. Deren Versammlungen auf der Lesegesellschaft wurden immer spärlicher besucht, und der verdienstvolle Präsident, Herr Peter Vischer, welchem die Hebung von Kunst und Künstlern so sehr am Herzen lag, vermochte allein nichts gegenüber der eingerissenen Lethargie. Nach 27jährigem Bestand wurde diese alte Künstlergesellschaft im Jahre 1839 aufgelöst. Das vorhandene kleine Vermögen wurde um der betheiligten unbemittelten Künstler willen unter die Mitglieder vertheilt. Die Statuen und Modelle schenkte man der Zeichnungsschule. Die beiden großen Künstleralbums, welche zum Theil sehr werthvolle Blätter enthielten, und in welche der akademische Senat kostbare Holbein'sche Zeichnungen gestiftet hatte, gingen dann später in den Besitz der neuen Künstlergesellschaft über. Diese neue Künstlergesellschaft wurde im Jahre 1841 gestiftet und zwar namentlich auf die Initiative zweier jüngerer Maler, der Herren Burckhardt-Schönauer und Albrecht Landerer. Entsprungen aus dem Bedürfniß der Künstler nach gesellschaftlicher Vereinigung mit ihren Berufsgenossen, bewegte sich der neue Verein anfänglich vollständig zwanglos und gab sich erst im Jahre 1843 unter dem Präsidium von Architect heimlicher förmliche Statuten. Daneben bestand der Kunstverein, der seine Aufgabe nur eben darin sah, durch regelmäßige Winterausstellungen in den Räumen der Lesegesellschaft, sowie durch größere Ausstellungen, veranstaltet in Verbindung mit den übrigen schweizerischen Kunstvereinen, und schließlich durch Ankäufe und Verloosungen das Interesse für die Kunst zu befördern, Sinn und Geschmack in ästhetischer Beziehung zu heben und strebsame Künstler aufzumuntern. Dagegen wollte die Künstlergesellschaft andern Zwecken dienen. Sie normirte ihre Aufgabe folgendermaßen:

Gegenseitige Aufmunterung und Belehrung über Kunst, sowie Bekanntmachung der hiesigen Künstler und ihrer Arbeiten; Bestreben, durch gemeinschaftliches Wirken einen wohlthätigen Einfluß auf die Richtung der Kunst in Basels Mauern auszuüben und das den Künstlern so überaus nothwendige Solidaritätsgefühl zu pflegen, vermöge dessen die alte Künstlergesellschaft in der ersten Zeit ihres Bestehens eine so bedeutende Wirkung ausgeübt.

Die Mitglieder verpflichteten sich, wie ehedem die Genossen der alten Künstlergesellschaft, das Künstleralbum durch eigene Beiträge oder durch Arbeiten schweizerischer Künstler nach Kräften zu vermehren. Es kostete einige Mühe, die zwei früheren Bände dieses Albums vom Kunstverein, der sich ihrer bemächtigt hatte, herauszubekommen, doch ließ man nicht ab, bis man dieses kostbare Erbe der alten Künstlergesellschaft in Händen hatte, und bald war ein weiterer, dritter Band erforderlich. Dieser Gesellschaft gehörten von früheren Mitgliedern der Künstlergesellschaft an: Die Maler Hieronymus Heß, Rud. Braun, Wilh. Oppermann und Achilles Benz, ferner Wilh. Haas und Pack-Burckhardt. Ueberdies schlossen sich an die schon genannten Künstler Landerer und Burckhardt-Schönauer, deren junge Berufsgenossen, die Maler Guise, Kelterborn, Gutzwiller und Rudolf Rapp, ferner fast sämmtliche Architekten, obenan Johann Jakob Stehlin, Heimlicher, Melchior Berri und Amadeus Merian. Von den Männern der Wissenschaft traten als Kunstfreunde bei: Dr. Jakob Burckhardt, Prof. Jung, Dr. Theodor Meyer, Dr. Karl Streckeisen, Dr. Joh. Jakob Burckhardt-Ryhiner und Dr. Wilh. Schmidlin. Von Militärs gehörten zu dem Verein: Major Lukas von Mechel, Oberschützenmeister C. C. Burckhardt, sowie die Genieoffiziere Isaak Pack und Imhof-Forcart. *)

Als das Haupt des Vereins hat sich um dessen Gedeihen während mancher Jahre große Verdienste erworben der Baumeister Heimlicher. Derselbe war ein ganz besonderer Freund und Gönner unseres Heß, stets bereit, mit offener Hand dem Künstler aus der Verlegenheit zu helfen. Wir werden später noch Gelegenheit haben, auch von einem größeren Auftrage zu reden, welchen Heimlicher seinem geliebten Heß ertheilte, nämlich von der Ausschmückung des Festsaales in Heimlichers Landsitz, dem Schlößchen Klybeck. Dort war es, wo Papa Heimlicher im Juni 1845 der Künstlergesellschaft zu Ehren von Heß ein schönes Fest gab. In beflaggten Kähnen fuhren wir den Rhein hinunter. Bei dem alten Schloßgut wurden wir von dem freigebigen Gastfreunde feierlich empfangen und darauf in dem von Heß so schön und sinnig geschmückten Ritterssaale fürstlich traktirt. Bei dieser Gelegenheit war es auch, daß unter dem fröhlichen Klange der Becher die vorhin erwähnten Statuten angenommen und feierlich bekräftigt wurden. Die beigegebene gelungene Abbildung von unserer Ankunft in Klybeck (Tafel VII) ist ein Werk von Freund Landerer, welcher seinem Lehrer Heß durch sichere Zeichnung und schwungvolle Auffassung zu immer größerer Ehre gereichte. Solch' fröhliche Stunden, wie damals auf der Rheininsel, voll von Belebung und Anregung für jeden Theilnehmer, hat die Künstlergesellschaft zur Zeit von Heß viele gehabt. Und der Meister wußte die Vorzüge unseres Vereins sehr wohl zu würdigen. Noch von seinem Krankenbette aus hat er der Künstlergesellschaft als Zeichen seiner dankbaren Anhänglichkeit für's Künstlerbuch zwei Federzeichnungen von Joseph Anton Koch zugesandt, welche ihm als Andenken an seinen verewigten Meister besonders theuer waren. An seinem Freunde Heimlicher aber hing er mit zärtlicher Liebe, und mit Rührung liest man das Gedicht, das er demselben widmete:

---

*) Künstlergesellschaft und Kunstverein haben sich dann, lange nach unseres Heß Tode, im Jahre 1864 verschmolzen.

**Meinem treuen Freunde, Herrn Architekt Johann Jakob Heimlicher,
zu seinem Namensfeste,
den 25. Juli 1846.**

An St. Jakobs hohem Namensfeste
Naht die Freundschaft und die Liebe sich,
Wünschet dir das Redlichste, das Beste
Und begrüßt mit heiterm Frohsinn dich.

In der Mythe Gristallegorien
Steht der Hund als Bild der Treue da,
Und in Christi heil'gen Theorien
Tritt dem Menschen er voll Mitleid nah.

Nimm denn hin das Bild der Hundestreue,
Schön geschnitzt von ächter Künstlerhand,
Daß die Kunst, die hehre, dich erfreue
Und du wirkend lebst dem Vaterland.

Kurz sind dieses Daseins Pilgertage
Und der edlen Künste sind so viel,
Doch der Künstler seufzet manche Klage,
Nur der Tod führt ihn zum Sehnsuchtsziel.

Hier auf Erden gilt ein männlich Ringen,
Denn die Zukunft schaut so ernst uns an,
Nur der Sieger wird zum Lichte dringen,
Darum muthvoll auf der Dornenbahn!

Zum Andenken von deinem treuen Freunde

He ß , Maler.

## 6. Humor und Satyre.

Wenn wir die künstlerischen Arbeiten von Heß aus der Zeit seines rüstigen Mannesalters, d. h. aus den zwanzig Jahren von 1830—1850 nun etwas näher zu beleuchten beginnen, so stellen wir billigerweise obenan seine Lieblingsbeschäftigung, die Darstellung alles Desjenigen, was Humor und Satyre zu reizen im Stande ist. Heß war darin ein Schüler von Koch. Nur hat er das, was jener durch Wort und Schrift zum Ausdruck brachte, durch Zeichnung oder Gemälde vor Augen geführt. Man kann die bezüglichen Arbeiten von Heß nicht geradezu Karrikaturen nennen; denn eine Karrikatur ist immer eine Hyperbel. Heß dagegen wählte sich allerdings humoristische und lächerliche Sujets aus, war auch in der Wahl seiner Gegenstände und in deren Auffassung bisweilen trivial oder auch maliziös. So wenig er aber geradezu obscön wurde, so wenig hat er sich eigentliche Uebertreibungen erlaubt. Auch wo er Mißbräuche oder überlebte Einrichtungen des öffentlichen und gesellschaftlichen Lebens, Zopf in Kirche und Staat, Handel und Verkehr, physische oder moralische Eigenthümlichkeiten Einzelner zum Vorwurf nahm, suchte er doch seine Kritik, sei's liebenswürdiger Humor, sei's beißende Satyre, nicht wie frühere Meister dieses Faches, ein Hogarth oder Calot, durch Verzerrungen oder Uebertreibungen zum Ausdruck zu bringen; vielmehr bemühte er sich, durch möglichst naturgetreue Wiedergabe der in Betracht kommenden Eigenthümlichkeit im Gesicht oder Habitus den gewünschten Effekt hervorzubringen. Mit entschiedener Ueberlegenheit sehen wir ihn in den Fußstapfen eines Vorgängers auf heimatlichem Gebiete wandeln. Es ist dies der Maler Feierabend, welchem etwas ungeschulten, aber gar nicht unbegabten Künstler der Kulturzustand unserer Stadt am Ende des vorigen Jahrhunderts reichen Stoff darbot. Ein Fremder könnte aus den Bildern Feierabends den Schluß ziehen, Basel sei hauptsächlich von Cretins und Halbnarren bevölkert. In ähnlicher Auffassung wie die Bilder von Feierabend sind nun auch eine ganze Reihe Heß'scher Arbeiten gehalten. Nur haben natürlich die Bilder von Heß einen viel größeren künstlerischen Werth. Das ganze Kunstgenre, von dem wir hier reden, ist ein gefährlicher Boden. Man darf ja zugeben, daß es zur Besserung von Einzelnen oder von Corporationen beitragen kann, wenn denselben das Spiegelbild ihrer Thorheiten oder Lächerlichkeiten vorgehalten wird. Allein es läßt sich doch nicht leugnen, daß Bilder, wie sie hier in Betracht kommen, eigentlich selten im Dienste großer pädagogischer Gedanken stehen. Vielmehr müssen sie sehr oft die Werkzeuge von Haß, Neid oder Rache sein. Bald sind sie ein Spielzeug zur Erheiterung des klatschsüchtigen und schadenfrohen Publikums, bald sollen sie irgend einer Partei oder einem ungerechtfertigten persönlichen Einfluß auf politischem Gebiete Handlangerdienste thun. Und so kann es geschehen, daß sehr achtenswerthe Handlungen oder Persönlichkeiten dem wohlfeilen Spott preisgegeben werden und dagegen Menschen und Dinge zur Geltung kommen, blos weil es gelungen ist, die Lacher auf diese Seite zu bringen. Auch Heß konnte all' diese Gefahren nicht vermeiden, und es blieb eine höchst nachtheilige Rückwirkung seiner Vorliebe für dieses Genre auf seinen sonst gutmüthigen Charakter und sein für alles Schöne und Edle empfänglich angelegtes Gemüth nicht aus. Auch zog er sich durch seine humoristischen und satyrischen Bilder trotz aller Nachsicht, die man allgemein mit ihm trug, mancherlei Verdrießlichkeiten und Widerwärtigkeiten zu.

Inzwischen soll das Gesagte uns nicht abhalten, die bezüglichen Leistungen von Heß in künstlerischer Beziehung unbefangen zu würdigen. Einzelne dieser Bilder stellen unsere Unbefangenheit freilich auf eine harte Probe. Es will unserem Lokalpatriotismus denn doch scheinen, Heß habe die baslerische Eigenthümlichkeit, das eigene Land und die eigenen Landsleute spöttisch und lächerlich zu machen, etwas zu weit getrieben. Ein besonders starkes Beispiel seiner Rücksichtslosigkeit ist die Zeichnung des Baselstabes. Da sehen wir eine Gestalt mit stark gebogenem Kopf, scheinheiliger Miene, an der Perrücke einen bis zum Boden hängenden Zopf, ohne Brust und Herz, die beiden Hände an den Goldsack geklammert; und das Ganze bildet, gegen das Licht gehalten, in scharfen Umrissen einen Baselstab!

Die erste Veranlassung zu einer größeren Reihe solcher Bilder bot ihm eine Bestellung des sogenannten Bildli-Brenner, für welchen er in den Jahren 1827—1833 (wo es zu einem Prozeß zwischen dem Besteller und dem Maler kam) im Ganzen 49 Bilder gemalt hat. Zufälligerweise wissen wir, daß Heß dafür die Summe von Fr. 1100 und 2 Batzen alter Währung, also für das einzelne Stück nach unserm Gelde etwa 30 Fr. erhalten hat. Die meisten dieser an und für sich trefflichen Bilder mußten als Modelle dienen zu Reliefnachbildungen in Terracotta, mit welchen der Kunsthändler als mit dem Hauptartikel seines Verlages ein vortreffliches Geschäft machte. Wir finden da einerseits die noch sehr eigenthümlichen Trachten und Figuren der Marktleute aus dem benachbarten Neudorf und Markgrafenland, dann stadtbekannte Persönlichkeiten, z. B. den Hafnermeister Oberlin oder den originellen Professor Stückelberger, wie er die gute Frau Roth mit ausgestreckter Zunge und geschlossenen Augen mitten auf der Rheinbrücke stehen läßt, anderseits Napoleon und Don Quixote, oder auch sehr ernste Bilder, wie Wilhelm Tell oder den Rütlischwur. Auch hat Heß Musiker und Bänkelsänger, Affen und Hunde, Wirthe und Garköche, Juden und Wiedertäufer für Brenner in drastischer Weise dargestellt. Ein Hauptstück waren die sogenannten sieben tapfern Schwaben, alle an einem Spieß gegen den vor ihnen stehenden Hasen anrückend (Tafel VIII). Unsere Abbildung ist nach dem Originalbilde von Heß gefertigt. Mit besonderer Vorliebe aber stellte Heß dar die beiden durch ihn sprichwörtlich gewordenen Insassen des hiesigen Bürgerspitals, den Niggeli Münch und den Boppi Keller. Diese beiden lächerlichen Figuren bildeten lange Zeit hindurch sein Lieblingsthema. Er hat dasselbe in allen denkbaren Variationen mit mehr

Tafel 12

oder weniger Glück zu launiger Darstellung gebracht. Leicht dürfte sich ein gutgezähltes Dutzend solcher Darstellungen namhaft machen lassen. Auf der Mehrzahl derselben leisten die beiden Pfründner, Nachkommen alter Basler Geschlechter, beide ebenso harmlos als stupid, einander irgend einen Liebesdienst. Bald führen sie sich beim Spaziergang an der Hand, bald spielen sie einträchtig mit Meisoldaten, bald macht der eine dem andern den Barbier oder den Aufwärter beim Frühstück (Tafel IX); es kommt wohl gar vor, daß einer von ihnen schmunzelnd und lächelnd im Beichtstuhl sitzt, einer holden Donna die Beichte abnehmend. Die beiden komischen Alten wurden durch die Kunst von Heß nicht im mindesten belästigt oder unangenehm berührt. Sie sind durch den Pinsel des Meisters gleichsam in die Reihen der Unsterblichen aufgenommen worden. Sie gehören, weil der Humor des Künstlers sie so meisterhaft verewigt hat, nun für immer, wenn ich mich so ausdrücken soll, zum Inventar der baslerischen Lokalgeschichte. Auch kann man dem Künstler aus diesem an und für sich nicht sehr ästhetischen Zwillingsgegenstand keinen Vorwurf machen. Die Darstellung ist ja künstlerisch vollendet, und man macht einem Teniers, einem Hogarth, einem Callot aus ihren oft viel trivialeren, ja geradezu anstößigen Sujets in der Kunstgeschichte auch keinen Vorwurf.

Uebrigens verstand Heß, was wir gleich hier einschalten wollen, auch trefflich, lieblichere Gegenstände zur Darstellung zu bringen; man betrachte doch nur die beiden von uns wiedergegebenen Bilder, (Tafel X u. XI): Das spinnende italienische Mädchen und den Zither spielenden Tyroler Citronenverkäufer. Der Letztere war ein bekannter Gast in dem alten Wirthshause zum Schnabel am Rindermarkt. Dort hat ihn Heß einmal in der Geschwindigkeit abconterfeit. Heß war überhaupt ein Meister in der Darstellung à la minute. Es war ihm ein Kleines, im Nu eine Fliege oder ein Auge wie lebend darzustellen. Auch das Kunststückchen, das schon Holbein prakticirt haben soll war ihm sehr geläufig. Wie oft haben ihn seine Freunde auf dem Wirthstisch mit Blitzesschnelle, die Kreide in der Hand, einen Kreis ziehen und dann haarscharf den Mittelpunkt dreinsetzen sehen. Ein Beispiel dieser Art ist auch der, während blos einige Minuten dauernden Verweilens in einer Thierbude von Heß gemalte Löwenkopf (Tafel XII).

Eine weitere Serie von Bildern malte Heß für die Verlagshandlung von Hasler & Comp.; es sind dies 40 meisterhafte Aquarellbilder, darstellend den Todtentanz. Auch diese Bilder wurden in gebranntem Thon vervielfältigt, und diese Nachbildungen sind bei den Antiquitätenhändlern noch heute ein gesuchter Artikel. Die Ausgabe der Heß'schen Todtentanzbilder, welche im Verlage von Herrn Albert Sattler am Blumenrain dahier erschienen ist, und welche gute von G. Danzer auf Stein gezeichnete Abbildungen der Originale enthält, erklärt in deutscher, französischer und englischer Sprache, daß dieser Todtentanz von Heß nach den berühmten Fresobildern der ehemaligen Kirchhof mauer bei der Predigerkirche gemalt worden sei. Dies ist dahin zu berichtigen, daß die durch Hans Hug Klauber restaurirten Todtentanzbilder bei den Predigern, welche am 6. August 1805 in brutalster Weise zerstört worden sind, unserm Heß bei seiner Darstellung nur eben mehr oder weniger vorgeschwebt haben. Eine Vergleichung beider Bildercyklen belehrt uns, daß Heß zwar im Allgemeinen die Reihenfolge der Vorbilder beibehielt, die einzelnen Figuren aber zumeist in durchaus selbständiger Weise gestaltete. Die 34 ersten Blätter folgen sich, wie die Abbildungen des alten Todtentanzes durch den ältern Merian* zeigen, hier wie dort. Dann aber tritt der Tod nicht zur Heidin, sondern zum Chinesen, und zwar mit den Worten:

> Komm her, du Complimentennarr
> Civilisirter Halbbarbar
> Von deinen Götzen, deinen Frauen,
> Mit deinen langen Adelsklauen.

Darauf bekommt der Tod die Antwort:

> O himmlisch Reich mit seinem Thee,
> Hilf grosser weiser Confuce!
> Mein Opium und sein Begeistern,
> Bringt mir der Tod, mich zu bemeistern.

Bei dem darauffolgenden Bilde — der Tod zum Koch — musste die stadtbekannte umfangreiche Persönlichkeit des Küchenchefs im Gasthof zum Storchen herhalten. Hess liebte überhaupt die Individualisirung und verpönte die Schablone. Beim Arzt z. B. wird nicht wie sonst die noch leibhafte Gestalt des Todes verwendet, sondern der Tod tanzt als Gerippe dem Anatomen voran. In sehr drastischer Weise sind Tod und Scharfrichter dargestellt. Der Tod zieht mit seiner Sichel gleicherweise aus, wie der Scharfrichter mit seinem Richtschwert, und spricht, den Collegen zu brüderlicher Umarmung an sich ziehend:

> Auf Blutmensch mit dem scharfen Schwert,
> — Obschon von Fach mir lieb und werth —
> Ich sah Verbrecher sammt den Guten,
> Von Deinen Henkerstreichen bluten!

Der Scharfrichter erwiedert:

> Geköpft, gerädert, strangulirt,
> Hab ich, und sonst noch maltraitirt
> Ich war nur Werkzeug meiner Herren,
> Sie solltest Du zum Tanz begehren.

Nachdem Hess das Bild des Rathsherrn und mit ergreifenden Versen sein eigenes Bild dem Todtentanze angereiht, (welch' beide wir als Proben dieser ganzen höchst bedeutenden Leistung unseren Illustrationen als Tafel XIII. und XIV. beifügen) bringt er zum Schluss die Jammergestalt des armen Schusters, welchen der Tod mit dem Kniericmen zu bearbeiten im Begriffe steht, mit der Anrede:

> Komm her du alter Savetier
> Sprich kurz: Thut dir mein Kniericmen weh?
> Vorbei ist's nun mit Fleck und Sohlen
> Ich thu' dich auf die Zunft abholen.

Der Schuster antwortet:

> Halt! Ich bin nicht von Eisenblech,
> Dass Du mich also führst ins Pech,
> Ich war genug geplagt im Leben,
> Was willst Du mir noch Schläge geben?

---

* Durch den Buchdrucker Johann Rudolf Im Hof in Kupferstichen von Chovin 1744 in Basel herausgegeben.

**Der Tod zum Rathsherrn.**

Sind ihr ein Herr giesen der Stadt,
Den man im Rath gebrauchet hat;
Habt ihrs wohl g'rathen, ists euch gut,
Wird euch auch abziehen den Hut.

**Antwort des Rathsherrn.**

Ich hab mich g'flissen Tag und Nacht,
Dass der Gemein Nutz werd betracht;
Sucht Reich- und Armer Nutz und Ehr;
Was mich gut dunkt' macht ich das Mehr.

Tafel 14

**Der Tod zum Maler:**
Hieronymus Hess lass s' Malen steh'n
Der Weg ist dunkel, den wir geh'n
Ob auch dein Herz im Tode lacht,
Dir winkt der ewigen Heimath Licht.

**Antwort des Malers:**
Freund! tritt hervor, du schreckst mich nicht.
Mich freut dein blasses Angesicht;
Nach manchem bittern Erdenschmerz,
Führt deine Hand mich himmelwärts.

Ist in diesen Bildern mehr ein gewisser Galgenhumor vorwiegend, so kommt dagegen die drolligste Komik zu ihrem Recht in den neun Schnitzelbankbildern, welche Heß für ein Zunftessen zu Safran zur größten Belustigung aller Zunftbrüder über das Thema: „Ich bin der Doktor Eisenbart", componirt hat. Unsere erste Abbildung zeigt, wie man die Worte: kann machen daß die Blinden seh'n und daß die Lahmen wieder geh'n, zu verstehen hat, während die folgende die Verhöhnung der ärztlichen Kunstpfuscherei auf ihrem Höhepunkt bezeichnet. Zu der Kirchhofspforte mit der Inschrift »memento mori« bewegt sich das Leichengeleite zu Ehren des von Doktor Eisenbart Behandelten.

Wie schon in Rom, so machte es auch in Basel Heß viel Vergnügen, die eigenthümlichen Typen des Volkes Israel als Stichblatt seiner Darstellungsgabe zu gebrauchen, theilweise auch zu mißbrauchen. Immerhin muß hervorgehoben werden, daß Heß die Antisemiten mit gleicher Rücksichtslosigkeit wie die Semiten gegeißelt hat. Ihm ist der sogenannte Christ, welcher den Juden glaubt prellen zu dürfen, ebenso verächtlich, wie Mauschel der Wucherer. Es gibt nicht leicht eine beißendere Satyre, als die gegen den Herrn X., dem der Jude ein krankes Pferd verkauft hat und der nun dem Händler Betrug mit Betrug vergelten will, nachdem das Thier in Folge unvorsichtiger Behandlung zu Grunde gegangen. Und wie mitleidsvoll begleitet Heß anderseits die Darstellung des armen kleinen Judenbuben, welcher dem reichen filzigen Krämer gegenüber den Kleinverkauf mit Bändern betreibt, durch folgende Strophen:

   Geboren bin ich auf der Straß,    Meine Eltern deckte früh das Grab,
   Ein Bettelkind,    Gott segne sie:
   Mein Aug' ward oft von Thränen naß,    Ich erbte nichts als diesen Stab,
   In Sturm und Wind,    Und Sorg' und Müh!

Auf den meisten Bildern ließ Heß freilich der Satyre die Zügel schießen, z. B. bei der Darstellung der Schlaumeier bei ihren hauptsächlichen Handelsbranchen (Tafel V), oder bei den Bildern mit der Unterschrift: „An einer von unsere Lait", und: „No en andere von unsere Lait". Manchmal wird der Spott auch auf beide Theile gleichmäßig vertheilt. Hiefür sind besonders einleuchtende Exempel die Bilder: „Die Proposition" und „Beim Notar". Uebrigens sind die meisten der Typen, welchen die Kritik von Heß gegolten hat, heutzutage verschwunden, wenigstens in dem potenzirten Profil, welches den Griffel des Meisters zur Darstellung reizte.

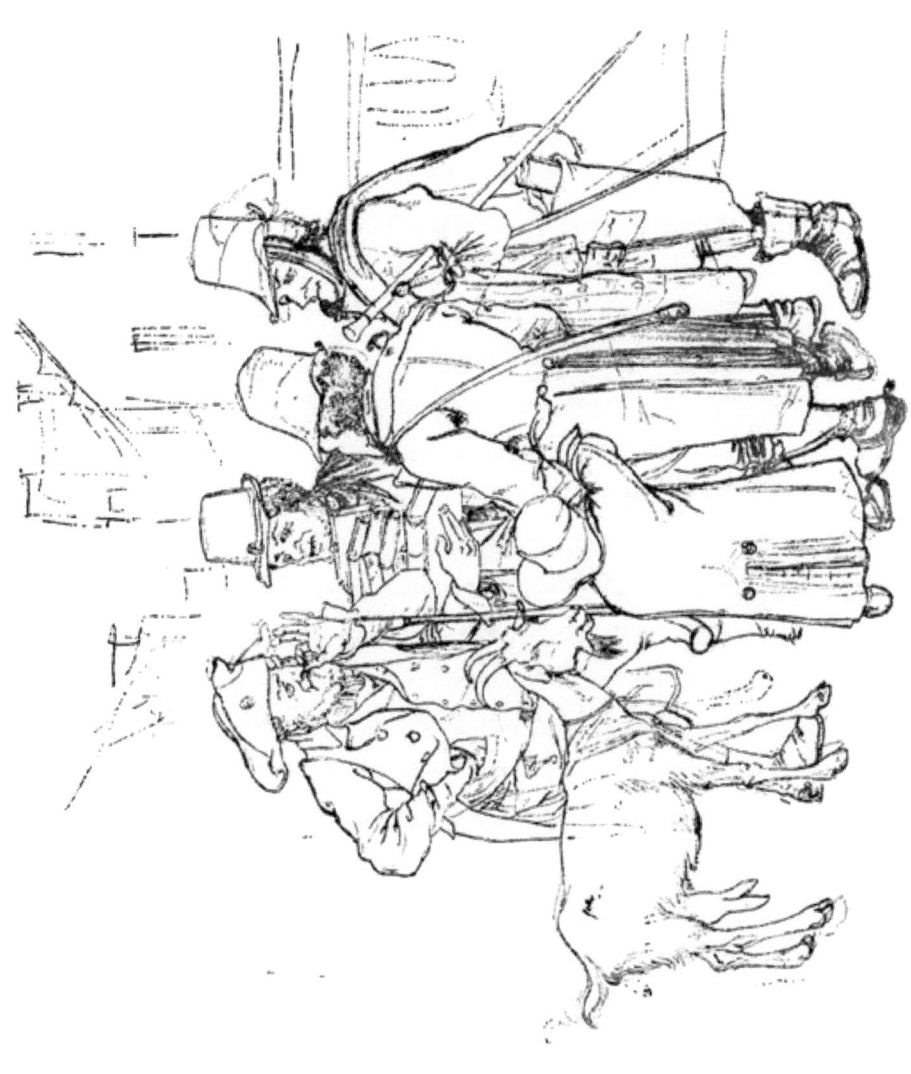

Besonders ergötzlich sind unter den heß'schen Gestalten die Musiker, deren er schon im Jahr 1828 dreizehn für Johann Rudolf Brenner componirte. Dieselben sind dann zu Mühlhausen von Engelmann & Co. in einzelnen lithographirten Blättern herausgegeben worden. Die menschliche Gesellschaft bietet eine solche Fülle der verschiedenartigsten Individualitäten, daß der Komiker nur auszuwählen hat, um jedem einzelnen Instrument eine treffend entsprechende Persönlichkeit, gleichsam als Complement, beigeben zu können. Heß verstand es, die würdigsten Exemplare der menschlichen Gattung ausfindig zu machen, sowohl für den Stock des Kapellmeisters, wie für die erste Violine (vide neben), für die Clarinette wie für das Waldhorn, und es verdient jede seiner bezüglichen Figuren den fröhlichsten Applaus des Beschauers. Wir können hier nur ein Beispiel reproduziren.

Dagegen bringen unsere artistischen Beilagen nach einem vom Kunstverein für den zweiten Band des Künstleralbums erworbenen Blatte ein weiteres musikalisches Bild von Heß, nämlich die humorvolle Darstellung eines Klosterconcertes. Das Kloster Mariastein war von Alters her eine Heimstätte der edlen Musica. Die Patres besaßen besondere Virtuosität und boten in ihren Concerten einen auch von Fachmännern gern aufgesuchten und hochgeschätzten Kunstgenuß. Das Bild von Heß zeigt uns im Vordergrund einen riesigen Klosterschüler, der mit drei Kapuzinern nach den Notenheften singt. Hinter diesem Quartett erblickt man das geistliche Orchester, dessen Mitglieder die verschiedensten Priesterkleider und Ordensgewänder tragen, links den affenähnlichen Dirigenten, wie er eifrig den Taktstock führt. Es ist schade, daß die Farben des Aquarells, auf dem im Ganzen 16 Personen meisterhaft abgebildet sind, für die Wiedergabe durch Lichtdruck sich so wenig eignen. (Tafel XV.)

Zwei andere größere und figurenreiche Bilder verdanken ihre Entstehung den buntbewegten Straßenscenen der Basler Messe. Das erste stammt von 1852 und zeigt uns eine Gruppe von Bänkelsängern. Auf der von einem abenteuerlich gekleideten Frauenzimmer gehaltenen Schautafel ist in passender Zusammenstellung oben das Basler Erdbeben, unten die Wassersnoth in Höllstein abgebildet. (Mit der Schreckensnachricht von der entsetzlichen Ueberschwemmung trafen gleichzeitig hier in Basel anno 1852 die mit der Tricolore verzierten französischen Diligencen ein und damit die Kunde von dem in Paris ausgebrochenen politischen Erdbeben.) Heß zeigt uns auf dem in Rede stehenden Bilde das Haupt der Truppe, welches mit einem Stock in der Hand die Darstellungen der Schautafel pathetisch erklärt. Ein Mann begleitet mit der Drehorgel, und ein kleiner Bajazzo, der einen Affen an der Schnur hält, mit der Trompete das Lied, welches die schrecklichen Ereignisse verewigt und welches von den Bänkelsängern in einer Mark und Bein erschütternden Weise abgesungen wird. Rechts sucht eine Frau, wohl die Gattin des Chefs, ein Kind an der Brust, einem Posamenter vom Lande einen Zettel zu verkaufen.

Das zweite Bild trägt das Datum 1857 und die Unterschrift: „Auch ich bin ein Musensohn." Es ist dies eines der größten Aquarellbilder von Heß, 60 Cm. hoch, 48 Cm. breit. Es stellt dar einen Kapellmeister, welcher die Musikbande eines Affentheaters dirigirt.

Manchen Stoff zu humoristischen oder satyrischen Darstellungen boten dem Künstler die verschiedenen Sturm- und Drangperioden seiner Tage, speziell deren Kundgebungen im engeren vaterländischen Kreise: Die Wirren im Kanton Basel und die Freischaarenkämpfe. Diese Ereignisse gaben dem politisch regsamen Geiste des Künstlers sehr viel zu schaffen, so viel, daß sie ihm geradezu hinderlich waren auf seiner künstlerischen Laufbahn. Anstatt sich nämlich größere künstlerische Aufgaben zu stellen und mit Ausdauer sich deren Durcharbeitung zu widmen, zersplitterte Heß, absorbirt von seinem Interesse an der Tagesgeschichte, seine Zeit immer wieder mit kleineren Sächelchen, eingegeben von momentanen Stimmungen und Einfällen.

Das lebenswahre Bild des Schlossermeisters und Standesreiters Münch vergegenwärtigt die politisch so erregte Zeit und zeigt den Freischaarenmann in kriegerischer Ausrüstung und Begeisterung mit trefflichem Humor (Tafel XVI).

Besonderes Vergnügen bereitete es dem Künstler, das wenig kriegerische Militär von Basel, welches uns Jahr 1830 den Spott der Bürgerschaft vielfach hervorrief, durch humoristische Darstellungen an den Pranger zu stellen. Ich erinnere an den wenig ästhetischen Executionssoldaten außer Dienst, welcher auf dem Düngerwagen einherfährt; dann an die strickende Schaarwache beim  Steinenthor und an die zwei harmlosen Krieger mit dem Motto: „Friede auf Erden." Ein größeres Blatt zeigt eine Gruppe Bürgerwehrmänner, welcher der gute, in langjähriger Ruhezeit zum Zerplatzen umfangreich gewordene Obrist den Tagesbefehl verliest. Ein ander Mal wird der Auszug des wohl verproviantirten Landwehrmannes oder seine bedenkliche Heimkehr von der Wache zum Vorwurf genommen. Auch die durch die Noth der Baselbieter-Unruhen ins Leben gerufene Bürgergarde, wo Alt und Jung, Reich und Arm, Staatsmann und Gassenwischer, Rentier und Todtengräber, Kutscher und Professor, Pfarrer und Perrückenmacher, Schulmeister und Flickschneider in brüderlicher Eintracht den Waffendienst besorgten, gab reichen Stoff zu erheiternden Darstellungen, war doch keine einheitliche Bewaffnung und Montur erforderlich, jeder durfte, so wie es ihm recht dünkte, zur Vaterlandsvertheidigung sich ausrüsten und auf seine Weise das patriotische Lied singen: Auch ich bin ein Soldat.

Weniger harmlos sind diejenigen Bilder, durch welche Heß den unglücklichen Ausgang der Maßregeln persiflirte, welche den Wirren gegenüber von Seiten der städtischen Behörden, wenn auch ohne große staatsmännische Einsicht, so doch nach bestem Wissen und Gewissen waren getroffen worden. Er stellt eine Meßbude dar, auf deren Aushängeschildern abgebildet sind: die Fama mit Posaunen, die Großthat des bei St. Jakob in den Brunnen geworfenen Schneiders, der Schuß ins Sprachrohr, der Fußfall des Kriegsministers vor dem Oberhaupt. Auf der Estrade der Bude sind die leitenden Staatsmänner Basels mit der Lärmtrommel abgebildet, während am Eingang ein Hochgestellter das Entree bezahlt und hinter dem Theater die Staatskutsche wartet. Vor der Bude ist ein großes neugieriges Publikum mit vielen sehr wohl kenntlichen Persönlichkeiten versammelt. Inmitten desselben sieht man einen Griechenknaben den Theaterzettel verkaufen und einen Gamin verstohlener Weise in den Korb eines Wegglibuben greifen. Wo das Original dieses verpönten Aquarellgemäldes hingekommen ist, wissen wir nicht. Da es dem Auge der Vigilanz entzogen werden mußte, so wurde es unter einem unverdächtigen Bilde versteckt und so vor der obrigkeitlichen Confiscation gerettet, aber auch der Kunstgeschichte wenigstens bis auf Weiteres entfremdet. Nur eine Studie in Tuschmanier hat sich erhalten.

Doch darf man sich den solchermaßen über die Häupter seiner Vaterstadt spottenden Heß durchaus nicht als zartfühlenden Freund des Landvolkes vorstellen. Ein Bild, das er 1832 für seinen Gönner Heimlicher gemalt hat (Tafel XVII.): „Der erste Zorn eines Bauernkindes", zeigt uns, daß die Satyre des Malers sich auch auf das Baselbiet ausdehnt. Auf der weiß und blan carrirten Decke des elterlichen Himmelbettes ruht das neugeborene Kind im Arme der Mutter.

Tafel 16.

.

Tafel 18.

Durch das geöffnete Fensterlein sieht man in der Ferne die Thürme des Basler Münsters, und gegen diese ballt der Säugling beide Fäustchen; die Eltern aber strahlen vor Freude, daß dieser neue Abkömmling bereits in der ersten Stunde seines Erdendaseins in solch' unverkennbarer Weise die Aechtheit der Race kundgibt.

Auch die Ereignisse von 1848 verschonte Heß keineswegs. Die neue Bundesverfassung scheint wenig Sympathie bei ihm gefunden zu haben, denn er stellt dar, wie die Mutter Helvetia unter Beihilfe verschiedener, leitenden Staatsmännern auffallend ähnlichsehender Accoucheurs eine widerliche Mißgeburt zur Welt bringt.

Ganz aus dem Leben gegriffen und nach eigener Anschauung gemalt ist das Bild (Tafel XVII), welches die Republik auf der Schusterinsel zum Gegenstand hat. Die zum Theil von Paris herübergekommenen Brandarbassi sind sammt den windigen Mannheimer Advokaten und der aus Schustern, Schneidern und Zimmerleuten zweifelhaftester Art zusammengewürfelten kleinen Revolutionsarmee ausgezeichnet dargestellt. Das Original hat Herr alt Bürgermeister Dr. J. J. Burckhardt-Ryhiner der Künstlergesellschaft, deren Mitglied er war, zum Geschenk gemacht. Dieser verehrte Kunstfreund hat sein reges Interesse für Heß auch dadurch an den Tag gelegt, daß er nach dem Hinschiede des Malers eine große Sammlung (im Ganzen 50 Folioblätter) heß'scher Studien, Skizzen und Compositionen (z. B. o tempora o mores, eines der bestens ausgeführten Bilder des Meisters [Tafel XVIII] und den Tellenschuß) sowie das von Dietler in Bern gemalte, von uns als Titelblatt reproduzirte Portrait von Heß, der öffentlichen Kunstsammlung zum Geschenk machte.

Heß benutzte sein Talent überhaupt gern dazu, der allgemeinen Stimmung des Augenblicks Ausdruck zu geben. Ist die Ernte nicht gerathen, so zeichnet er den Kornwucherer mit dem Motto: „Wer Korn innehält, dem fluchen die Leute", und als Gegenstück den Wohlthäter, welcher Getreide unter die Armen vertheilt, mit dem Spruch: „Ich bin hungrig gewesen, und ihr habt mich gespeist". Solche Blätter wurden dann von seinem Freunde Alexander Gysin durch die Lithographie vervielfältigt. Wird die Fastnacht verboten, so erscheint sein „Morgenstreich", welcher in frischer Zeichnung das tolle Treiben des Basler Carnevals und den Jubel des Volkes über die Kunst der so beliebten Tambouren darstellt, und neue Begeisterung für die alte Sitte anfacht. Man merkt der Zeichnung sehr wohl an, daß Heß als ächter Basler Schulbube den Trommelschlägel mit gleicher Meisterschaft wird geführt haben, wie später Stift und Pinsel.

Uebrigens mußte sich Heß wegen seiner humoristischen Kunst auch einmal vor den Schranken des Gerichtes verantworten. Als er für den Distelikalender den berühmt gewordenen Schwank von der pfeifenden Schildkröte gezeichnet hatte, wurde er von dem Betroffenen verklagt. Hr. B. behauptete, er sei die auf dem Bilde dargestellte Figur mit dem Schafskopf. Heß erklärte vor Gericht (Tafel c) mit trockenem Humor: „Herr Präsident, meine Herren! Ich male Ochsen, Esel und andere Thiere, wie ich sie gerade vor mir sehe." Es half aber Alles nichts, der Maler wurde zu einer Buße verfällt; da rief er entrüstet aus: „Wenn es mir morgen gefällt, ein Gericht zu malen und die Richter mit lauter Eselsköpfen, werden Sie dann auch behaupten, wie mein heutiger Gegner es thut, Sie seien es?!"

Aus dem die Abbildung erklärenden Gedicht folgen einige Strophen, welche vortrefflich die Basler Mundart charakterisiren.

Reinecke strich die Kröte hier
Ganz zärtlich über'n Rücken,
Und sprach: Mein holdes Herzensthier,
Wollst heren Schlankopf beglücken?
Der Affe fing zu flöten an, —
Der Schaibock, der scharmante Mann,
Horcht mit gesenkten Ohren.

„Ber Jemerli! es wird mer weh!
„Je weger, 's kennt mi rede!
„Mi Lebdig han i mit so g'seh!
„I ka schier nieme rede!"
Er rafft sich auf und stolpert hin
Zum Haus der Nachtigallen,

Der Töne alte Künstlerin
Eröffnet ihm die Hallen,
Und darnach klöret er: „He — ihr — do!
„Kau i kai Ergeli biko?
„I ha deheim e Schildkrot!"

Was Schildkrot und was Orgelton?
Sprach rasch Frau Philomele;
Man treibt mit ihnen Spott und Hohn,
Und das bei meiner Seele.
„Nai! nai! Frau Nachtigall, s'isch wohr,
„Und Musig döni mer no im Ohr!
„D'Schildkrot bim Fuß het pfiffe!"

Tafel 19.

## 7. Historische Bilder und Cartons zu Glasgemälden, Portraits und Copien.

Angefeuert durch die Erfolge des Oltner Malers Martin Disteli, eines unserm Künstler in vielen Stücken geistesverwandten Mannes fing auch Heß in den dreißiger Jahren an, die großen Schlachten der vaterländischen Geschichte zum Gegenstande seiner Studien zu machen. Als Muster schwebte ihm speziell Disteli's Hauptbild vor, eine große Sepia-Zeichnung der Schlacht von Sempach, welche Disteli für einen Basler Offizier ausgeführt hatte. Nun besaß allerdings Heß die hohe Begabung seines Freundes für das Tragische und Heroische nicht in dem Maße. Er soll sich deshalb auch, als er sich zu einer Darstellung der Schlacht bei St. Jakob entschloß, bei Disteli Raths erholt haben. Disteli war öfter in Basel; zur Zeit der Baselbieter Wirren einmal längere Zeit als Offizier der Exekutionstruppen. Doch zeigt eine Federzeichnung von 1854, in welcher wir offenbar den ursprünglichen Heß'schen Entwurf vor uns haben, daß er vielleicht besser gethan hätte, seiner originellen Intention zu folgen. Diese Skizze trägt einen holbeinischen Charakter und hätte wol verdient, ausgeführt zu werden. Immerhin läßt die schließlich aus der Hand des Künstlers hervorgegangene Composition, wenn sie auch Disteli's Einfluß unverkennbar verräth, doch die besonderen Vorzüge unseres Meisters, eine edlere Charakteristik der Helden und eine ruhigere wenn auch keineswegs steife Auffassung der ganzen Handlung, in vortheilhafter Weise hervortreten. Wir besitzen das Bild in zwei Exemplaren. Die sorgfältig ausgeführte Originalstudie vom Jahre 1855, ein Aquarell von 1 Meter Breite und 60 Centimeter Höhe (Tafel XIX.), ein schönes Denkmal unverdrossenen Künstlerfleißes, wird noch in der Familie des ursprünglichen Besitzers, des verstorbenen Generals von Mechel, aufbewahrt. Das mit großer Virtuosität 1878 auf Holz gemalte Oelbild, welches jetzt unsere öffentliche Kunstsammlung ziert, hat Heß für unsere bekannte baslerische Kunstfreundin, Frl. Emilie Linder, ausgeführt. Wenn auch in einzelnen Stellungen Mängel zu Tage treten, so ist doch das Ganze eine für jedes Schweizerherz ergreifende Darstellung jener heldenhaften Befreiungsthat an der Birs. Die Auffassung ist historisch getreu. Die auf der Höhe des Birsufers unter den Pannern stehenden Führer der Eidgenossen äußern vergeblich ihre strategischen Bedenken gegen das Vordringen der von dem ersten Zusammenstoß mit dem Feinde bei Pratteln siegestrunkenen Krieger. Die Führer werden von der Begeisterung fortgerissen zu dem verzweifelten Einzelkampf, in welchem die kleine Schaar unterliegend siegte. Das Bild ist eine schöne Illustration der patriotischen Antwort, welche das kleine Häuflein der Neuenburger den verzagten Concilsherren gab: „Wenn es also sein muß, daß die Uebergabl der Feinde uns erdrückt, so sollen denselben unsere Leiber, Gott aber unsere Seelen zufallen!" Die Geschichte der Schlacht ist ja eigentlich eine Verherrlichung der Insubordination, allein sie lehrt uns, daß ohne den Heldenmuth und die Aufopferung des Volkes die Strategen allein das Vaterland nicht retten können.

Schon etwas früher, ehe Heß sich an dies große Schlachtenbild wagte, hatte er verschiedene Darstellungen aus der Urgeschichte der Eidgenossenschaft ausgeführt. Ein Blatt, welches mit den besten, was von vaterländischen Künstlern geliefert worden ist, darf zusammengestellt werden, ist das Aquarellbild, welches Heß für die Gesellschaft der Feuerschützen malte, und welches noch immer im Schützenhause, in einem besonderen Kästchen aufbewahrt wird. Heß hat das Bild auf der Schützenmatte, wohl nicht ohne einen guten Trunk, ersonnen und gemalt. Es stellt den edlen Schützen Tell dar, wie ihm sein lieblicher Knabe den Apfel mit dem Pfeil triumphirend zurückbringt. Das fein und zierlich ausgeführte Gemälde zeigt als Beigabe ferner den Rütlischwur, Schützenembleme und das Stadtwappen (Tafel XX).

Ein anderes vorzügliches Bild, darstellend wie Tell dem Landvogt den zweiten Pfeil vorhält, ist uns nur aus einer Pause des Burckhardt-Ryhiner'schen Albums bekannt. Diese Darstellung zeigt eine vorzüglich schön ausgeführte Landschaft und eine äußerst ansprechende Composition der Figuren.

Wir können hier so wenig wie im vorhergehenden Capitel den Anspruch auf Vollständigkeit erheben; doch wollen wir noch einige historische Bilder von Heß namhaft machen. „Der Schwur der drei Eidgenossen auf dem Rütli" ist eine sowohl wegen ihrer Gruppirung als wegen ihrer ornamentalen Einfassung sehr bemerkenswerthe Kunstleistung. Heß hat dieses Bild zwei Mal, in Farben und in Tusch, ausgeführt. Unsere Abbildung ist eine Wiedergabe des Originals in Farben (Tafel XXI). Zwei weitere Compositionen, „Die feierliche Eidesleistung auf dem Marktplatz beim Eintritt Basels in den Schweizerbund", und „Die reformatorische Predigt Oecolampads zu St. Martin" fanden so allgemeinen Beifall, daß Heß sie mehrfach wiederholen mußte. Besonders schön sind die Exemplare, welche der Künstler für Herrn Bürgermeister Felix Sarasin unter Anwendung von Gouachefarben äußerst sorgfältig ausgearbeitet hat. Man hatte ihm mehrfach den Vorwurf gemacht, seine Aquarelle seien von schmutziger Farbe, und dies war wohl Veranlassung, daß er sich in späteren Jahren mehr der Deckfarben bediente.

Heß nannte sich mit Vorliebe „Historienmaler". Es zeigt dies, daß er eigentlich die Darstellung geschichtlicher Gegenstände als seinen Lebensberuf ansah. Um so mehr müssen wir es bedauern, daß er so wenig als Andere seiner römischen Freunde dem höheren Zuge seines Genius Folge zu leisten Gelegenheit fand. Anstatt großartige Bilder, etwa al fresco, zur Anschauung bringen zu können, mußte er, freilich oft widerwillig genug, der Liebhaberei der kleinen Kunstfreunde zu Dienste sein.

Wo Männertreu u. Heldenmuth zum schoenē Bund sich vereinē
Ja da entkeimt d Freiheit hoechstes Gut. Für jeden Volk u. all die Seinen

Tafel 22

Derartige Aufträge von Kunstfreunden hat er allerdings dann mit großer Freudigkeit ausgeführt, wenn es galt Cartons für Glasgemälde zu zeichnen. Auf diesem Gebiete hat sich denn auch Heß unbestrittenes Lob erworben und nach unserem Erachten weitaus am meisten ausgezeichnet. Im ersten Viertel unseres Jahrhunderts war die einst so verbreitete und berühmte Kunst der Glasmalerei nach langem Schlafe zu neuem Leben erwacht und gerade in unserer Nachbarschaft, in dem mit Basel sprach- und stammverwandten Freiburg im Breisgau übten Helmle, Vater und seine Söhne diese edle Kunst mit besonderem Eifer und Erfolg. Den ersten Auftrag nach dieser Richtung erhielt Heß, als es galt, der Einweihung des neuen Lokales der Lesegesellschaft und dem trefflichen Hersteller des alten gothischen Baues, dem Deputat Huber, ein würdiges Denkmal zu widmen. Heß löste die Aufgabe, Cartons zum Schmuck des schönen Erkers an der Pfalz zu zeichnen, wie die Scheiben selbst und die in der öffentlichen Kunstsammlung aufbewahrten Cartons uns zeigen, mit großer Genialität und mit feinem Verständniß für Ornamentik und Farbenzusammenstellung. Er hat damals auch Lorenz Helmle, den geschickten Glasmaler (geboren zu Breitnau, Schwarzwald, 1785), trefflich portraitirt.

Die Anerkennung, die sich der Künstler durch diese Cartons erwarb, führte ihm in der Folge eine ganze Reihe von Bestellungen zu. Eine der ersten ist allerdings nicht durch die Glasmalerei ausgeführt worden. Doch ist die bezügliche Tuschzeichnung, darstellend die Zimmermannswerkstätte des Joseph von Nazareth (Tafel XXII.) welche Heß 1843 für Herrn Zimmermeister Wilhelm Hübscher-Lichtenhahn anfertigte, immerhin recht beachtenswerth.

Eine der bedeutendsten Leistungen von Heß auf diesem Gebiete sind die Cartons, welche er für den früheren Präsidenten des Kunstvereins, zugleich Ehrenmitglied der Künstlergesellschaft, Herrn Bürgermeister Felix Sarasin, gezeichnet hat. In dem Neubau eines Pavillons mit Aussicht auf den Rhein wollte der kunstsinnige Besitzer ein kleines Museum baslerischer Geschichte anlegen. Außer den schon erwähnten zwei historischen Bildern von Heß und zwei Aquarellen des Landschaftsmalers Wilhelm Oppermann, (die Schlösser von Farnsburg und Ramstein) waren zum Schmucke des Pavillons zwei gemalte Fenster bestimmt. Heß verfertigte die beiden colorirten Cartons in gleicher Größe, 2,5 Meter hoch und 1,5 Meter breit; jeder ist der beiden Cartons ist in sechs Felder getheilt. Auf dem ersten sehen wir Kaiser Heinrich II., den Erbauer des Münsters und Bischof Heinrich von Thun, den Erbauer der Rheinbrücke, oben am Kaiser das Reichswappen, oben am Bischof dessen Familienwappen, zu Füßen des einen den Münsterbau, zu Füßen des andern den Brückenbau. Der zweite Carton führt uns vor, den Bürgermeister Roth, welcher Basels Eintritt in den Schweizerbund eingeleitet, oben an ihm strahlt das eidgenössische Kreuz, umgeben von den Wappen der damaligen 11 Orte, zu seinen Füßen sieht man die bekannte Spinnerin unter dem Thor. Neben ihm aber steht der Reformator Oecolampad, auf den Gott Vater in der Glorie mit Wohlgefallen herniederschaut; das letzte Feld unter dem Bilde Oecolampads bringt dessen seliges Sterben zu ergreifender Darstellung. Die großartige Conception, vortreffliche Zeichnung und Farbenzusammenstellung geben diesen Cartons und den danach von Helmle 1844 verfertigten Glasmalereien einen hohen künstlerischen Werth. Sie beweisen uns, daß es bei Heß an dem entsprechenden Talent und Geschick für hohe Aufgaben nicht fehlte. Aber freilich, Kunst braucht Gunst.

Solche Gunst bewies, wie schon oben bemerkt, unserem Künstler in hohem Grade sein Freund, Herr Architect Heimlicher. Derselbe gab ihm im Jahre 1846 den Auftrag, für den Ritterfaal des Schloffes Wyleck sechs Cartons zu Glasgemälden zu zeichnen, und zwar wünschte der Auftraggeber eine Darstellung der sieben Werke der Barmherzigkeit. In schöner Weise vereinigte Heß auf der ersten Tafel die Darstellung der Speisung Hungriger und der Tränkung Durstiger in dem ansprechenden Heiligenbilde der frommen Elisabeth von Thüringen. Sehr anmuthend ist auch das für den Krankenbesuch gewählte Motiv: Franz I. am Krankenbette des greisen Leonardo da Vinci; freilich ist der Königliche Besucher etwas gespreizt ausgefallen.

Ebenfalls für die Ausführung durch Hrn. Glasmaler Helmle mußte Heß 1849 vier berühmte Männer des Namens Merian zeichnen: Erman Merian, der in der Schlacht von Novarra 1513 eine Fahne eroberte; Rudolf Merian, welcher sich im 30jährigen Krieg ausgezeichnet hat; Theodor Merian, welcher als Abgeordneter des Raths am 8. Januar 1563 den Kaiser Ferdinand I. auf der Rheinbrücke feierlich zu empfangen hatte; und Mathäus Merian, den Maler und Kupferstecher in seinem Atelier mit zwei Söhnen und der Tochter Sybilla, 1650. Die Cartons zu diesem für Herrn Eduard Merian und sein Schloß Teufen bestimmten Schmucke hat Heß mit reicher Ornamentik schön stilisirt und bis ins Kleinste der bezüglichen Episoden und Trophäen sorgfältig ausgeführt. Ein fünfter Carton mit dem Merian'schen Familienwappen blieb unvollendet, da Heß Ende 1849 krank wurde.

Zwischen all' diesen größeren Aufträgen und den im vorigen Kapitel besprochenen kleinen Liebhabereien malte und zeichnete Heß fortwährend, wie schon mehrfach angedeutet worden ist, auch Portraits, sei es, um den Betreffenden eine Freundlichkeit zu erweisen, sei es (und dies war sehr oft der Fall), weil ihm das nöthige Kleingeld fehlte. Es existirt eine ganze Anzahl derartiger Arbeiten des Malers. Zumeist sind es kleine Bleistift- oder Federzeichnungen, auch wol bloße flüchtige Skizzen. Doch gibt es auch ziemlich viele von Heß gemalte Aquarell-Portraits. Unsere artistische Beilage (Tafel XXV.) bringt das sorgfältig ausgeführte Bild eines seiner Gönner, des baslerischen Kunstfreundes Benedict de Anton Mäglin, und das in einer halben Stunde gezeichnete seines frühern Schülers (Tafel VII), Herrn Albert Landerer, Kunstmaler.

Nicht vergessen dürfen wir schließlich zahlreiche Copien, namentlich nach Holbein und anderen älteren Meistern. Zwar hat man aus dem Umstand, daß Heßische Copien der Rathhausbilder, welche in mehreren Exemplaren vorhanden sind, eine große Verschiedenheit im Gesichtsausdruck zeigen, auf Ungenauigkeit und Unzuverläßigkeit des Copirenden schließen wollen, allein der schadhafte Zustand der copirten Fresken, welche sich im Laufe der Zeit verschiedene Uebermalungen hatten müssen gefallen lassen, trägt an der Ungleichmäßigkeit der Copien wol mehr Schuld, als der Maler. Das Copiren mochte allerdings einem Manne von so origineller Geistesrichtung wie Heß etwas sauer werden. Seine Lieblingsbeschäftigung war es in alle Wege nicht. Wie genau und schön er dennoch gelegentlich eine Copie auszufertigen vermochte, beweist am besten unsere Abbildung (Tafel XXVI.), eine in Sepia-Manier gemalte Copie der Madonna mit der Nelke, von Saffoferrato. Obschon die Wiedergabe durch Lichtdruck bei weitem nicht einen so lieblichen Eindruck künstlerischer Vollendung macht, wie die Arbeit von Heß selbst, so wird das Bild dennoch ansprechen.

Tafel 23.

Tafel 24.

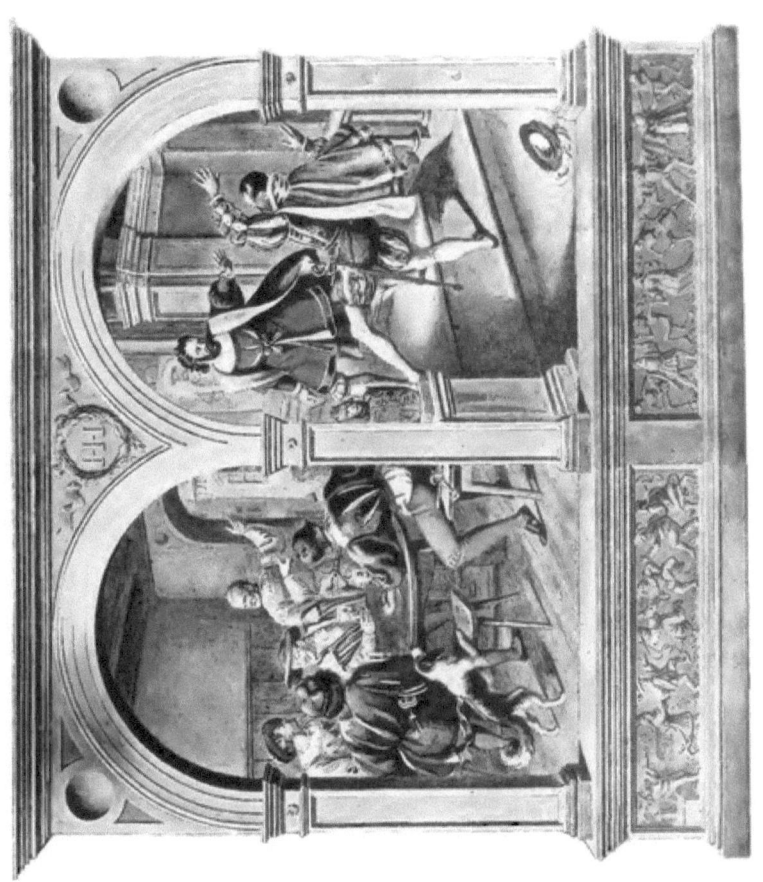

Tafel 28.

Tafel 29.

Trotz einer wenig geregelten Lebensweise blieb Heß geistig frisch; noch zwei Jahre vor seinem Ende geben seine Kompositionen (Tafel XXVII.) davon den deutlichsten Beweis. In hübscher architektonischer Umrahmung bringt er zwei Abbildungen aus Holbeins Leben. Zuerst sehen wir den Meister mit seinen Freunden im Wirthshaus sitzen wo er eben den Schwank erzählt, den er dem Hausherrn durch das Anbringen seiner Beine am Gerüst des Hauses zum Tanz gespielt hat. Das andere Bild veranschaulicht die Szene, wie Holbein den zudringlichen englischen Lord die Treppe hinunterwirft. Die am Fuße angebrachten Darstellungen des Bauern- und des Todtentanzes en miniature geben dem Aquarellbilde einen besondern Reiz, und eignen sich ebenso durch ihre Darstellung in Zinkographie zu trefflichen Verzierungen dieses Druckwerkes.

Aus dieser letztern Zeit des Meisters stammt auch das Aquarellbild (Tafel XXVIII.), darstellend wie Thomas Morus seinen Freund Hans Holbein dem König Heinrich VIII. vorstellt. Die großartige Komposition, welche Heß für seinen wohlwollenden Gönner den Herrn Bürgermeister Felix Sarasin zum Geschenk für das Künstleralbum in Guachefarben ausführte, wird durch den Lichtdruck nicht gehörig zur Geltung gebracht, da das kräftige Colorit des Originals eher störend wirkte.

Blicken wir auf all' die erwähnten Arbeiten von Heß zurück, und durchblättern wir das beigegebene Verzeichniß, welches sehr viele in unserer Darstellung weiter nicht berücksichtigte und doch ohne Zweifel bei weitem noch nicht alle Schöpfungen des Künstlers nachweist, so müssen wir staunen über seine große Vielseitigkeit. Daß bei einer solchen noch so viel Werth auf correcte und naturtreue Zeichnung gelegt wird, und eine so ungewöhnliche Befähigung für die Composition sich kund giebt, das stellt Hieronymus Heß nach unserer Ansicht in die Reihen wahrhaft hervorragender Künstler.

## 8. Heß als Lehrer.

Auf die Geschichte der hiesigen Zeichnungsschule, eines aus der Initiative der alten Künstlergesellschaft hervorgegangenen Institutes, können wir hier nicht näher eintreten. Wir verweisen einerseits auf das Blaubuch der Gesellschaft des Guten und Gemeinnützigen, anderseits auf das Neujahrsblatt der neuen Künstlergesellschaft, welches deren verdienstvolles Mitglied, Hr. Dr. Gottlieb Bischoff, 1864 veröffentlicht hat. (Es ist leider das Einzige geblieben.) Heß hat der Zeichnungsschule übrigens nur während kurzer Zeit als Lehrer angehört. Nach einer Bescheinigung des damaligen Universitäts-Rektors, des Theologen Carl Rudolf Hagenbach, wurde Hr. Hieronymus Heß als Lehrer der Zeichnungsschule im Markgräflichen Hof am 18. August 1831 in die Zahl der academischen Bürger aufgenommen und in deren Matrikel eingeschrieben. Aus welchem Grunde der Lehrer der Zeichnungsschule damals immatrikulirt werden mußte, ist uns nicht bekannt; dagegen wissen wir, welches die Veranlassung seiner Anstellung gewesen ist. Der wackere Landschaftsmaler Miville konnte, durch anhaltende Krankheit verhindert, die Kunstklassen nicht weiter führen, und so trat Heß an seine Stelle. Unter seinen ersten Schülern befand sich auch der Verfasser sowie Isaac Pack, des Verfassers Jugendfreund und späterer Kollege im Basler Genie-Corps. Es lag uns Schülern nahe genug, eine Vergleichung zwischen Miville und Heß anzustellen; und da Heß einen viel weniger systematischen und ungleich anregenderen Unterricht ertheilte, so waren wir anfänglich in hohem Grade begeistert. Allein wir bekamen die Ungeduld und Heftigkeit des neuen Lehrers in so unangenehmer Weise zu spüren, daß bald der Eine, bald der Andere abtrünnig wurde; und da solches Ausreißen überhand nahm, so konnten die Vorsteher der Schule nicht müßig zusehen. Heß wurde abberufen und es kam an seine Stelle Hr. A. E. Uekterborn, gebürtig aus Kassel, bisher angestellt zu Mühlhausen im Elsaß. Dieser hat in der Folge während einer langen Reihe von Jahren in segensreichster Weise hier gewirkt und viel zur Hebung des Kunstsinnes in unserer Stadt beigetragen.

Heß widmete sich fortan nur noch dem Privatunterricht. So hat unter seiner Leitung der begabte Vedutenmaler Constantin Guise, welcher uns so vorzügliche, durch correcte Zeichnung

und schöne Perspective ausgezeichnete Basler Stadtansichten hinterlassen hat, sich im Figurenzeichnen ausgebildet. Von den Schülern, welche in der Zeichnungsschule unter ihm gearbeitet hatten, blieb Isaak Pack speziell mit ihm befreundet. Auch mit andern seiner Privatschüler stand Heß auf vertraulichem Fuße; so mit unserm Historienmaler Albrecht Canderer (Tafel XXVII.), dessen beifolgendes Portrait sein Meister in einer halben Stunde gezeichnet hat, den Bildhauern Schlöth und Meili, dem Architecten J. J. Amenzen und dem Maler Stüffert. Diese Alle verdankten dem Unterrichte von Heß große Förderung in correcter Zeichnung und richtiger Auffassung.

Gern ließ sich Heß auf seinen Wanderungen in die Nachbarschaft unserer Stadt von dem einen oder andern seiner Schüler begleiten. Es war dies eine erwünschte Gelegenheit, die natürlichen Geistesgaben des Meisters, seinen scharfen Witz, seine köstliche Naivität kennen zu lernen und manche schalkhafte Bemerkung zu hören.

## 9. Lebensnoth und Lebensschluß.

Wie erfreulicher wäre es, das Bild der vielseitigen Lebensarbeit von Heß auf den verschiedensten künstlerischen Gebieten, statt mit einer Darstellung von Sorgen und Drangsalen, mit einem Einblick in Glück und Wohlergehen abschließen zu können. Selten ist aber das Loos der tüchtigsten, strebsamsten Künstler ein beneidenswerthes. Woher das? Ist die zu bewältigende Aufgabe zu groß, oder ist es das Mißverhältniß zwischen der poetischen Hoffnungsfreudigkeit des Anfangs und manchen bitteren Enttäuschungen im Verlaufe und am Ende der Laufbahn, was so oft die zweite Hälfte des Künstlerlebens grau in grau malt? Auch unserem Meister war viel Schweres beschert, und zwar je mehr und mehr. Bei den Arbeiten für die Kunsthändler hatte sich der nicht sehr anspruchsvolle Mann ohne große Mühe das tägliche Brot erworben. Bei den höheren Anforderungen an sein Talent, den historischen Bildern und den Cartons für die Glasmalerei, waren die damals bewilligten Preise in keinem Verhältniß zur Arbeit, geschweige zur Begabung. Das Jahr hatte auch damals 365 Tage, und wenn nun ein Kunstwerk durchdacht und bis ins Kleinste durchgeführt werden sollte, so erforderte das langer Studien und vieler Zeit. Während dieser Zeit wollte der Meister gelebt haben. Er erbat sich also von dem Besteller Vorschüsse für seinen Lebensunterhalt. Dieselben wurden gewährt, zugleich aber ein Drängen auf rechtzeitige Ablieferung kundgegeben. So gab es vielfach Gelegenheit zu Mißmuth. Dazu kamen noch allerlei Vorwürfe und übelwollende Bemerkungen. Es hieß, der Meister sitze mehr im Wirthshaus als an der Arbeit. Nach den Nachtgedanken, die er über einen Ehrenräuber niederschrieb und seinem Freunde zusandte, müssen die Wogen seines empfindsamen Gemüthes zeitweise gewaltig bewegt gewesen sein. Wir lesen da unter Anderm:

„Der Lügner ist der Schlüssel zu den Lastern und den sieben Todsünden."
„Die Falschheit und Undankbarkeit sind dem Teufel seine Ordensbrüder."
„Die Verleumdung ist dem Teufel seine Botschafterin."
„Die Schmeichelei ist dem Teufel seine Mäusefalle."
„Der Neid und der Stolz sind dem Teufel seine Kammerdiener."
„Der Eigendünkel ist dem Teufel sein Hofnarr."
„Der Uebermuth ist dem Teufel sein Kutscher."
„Die Bosheit ist dem Teufel seine Maitresse."
„Der Schmarotzer ist dem Teufel sein Leibkoch."
„Die Lästersucht und Gehässigkeit sind Kammerzofen bei des Teufels Grossmama."
„Die Unwissenheit und Vorstellung sind Kammerfräulein bei des Teufels Maitresse."
„Die Rachsucht ist des Teufels Medicinalrath."

Kurz vor seiner Erkrankung und während derselben hatte Heß eine interessante Korrespondenz mit verschiedenen Künstlern, den Söhnen Helmle's, denen der Vater gestorben war und dem Glasmaler Ferdinand Beck in Schaffhausen, der ihm schreibt: „Trotzdem ich das Möglichste thue, werde ich von meinem Besteller wie ein Karrengaul angetrieben!" Auch Briefe von den Bildhauern Glänz in Freiburg und André Friederich in Strassburg sind uns erhalten. Der Erstere sah im Mai 1849 in der revolutionären Haltung der Soldaten eine Hoffnung für die Rettung des deutschen Vaterlandes, und ließ in der Noth, um seinen Sohn zum ersten Aufgebot unter die Waffen zu stellen, für 10 Louisd'or zwei Holzschnittbilder von alten Meistern durch Heß verkaufen. Einmal klagt er Heß, daß er gerade jetzt keine Schnitzarbeiten vorräthig habe; „denn der Kronprinz von Preußen (Kaiser Wilhelm) hat mir eine Bestellung ertheilt, was ich freilich nicht gedacht noch erwartet hätte, daß solch' hohe Gäste und derartige Männer in solchen Zeitumständen noch nach Kunstgegenständen fragen und sich unter dem Geklirr der Waffen dafür interessiren. Tempora mutantur!"

Der Bildhauer J. J. Oechslin von Schaffhausen schreibt seinem Kunstgenossen 1849, da er wegen Ueberfluß an Mangel nicht zur Einweihung des neuen Museums, zu welcher er als Verfertiger der hautreliefs vom Architekten Berri eingeladen war, kommen konnte, folgendes:

„Unser fatale Wahlspruch: Es ist eine Kunst, in der Schweiz Künstler zu sein, — wird leider täglich bei uns Künstlern mehr Beherzigung finden. Unsere Kunstausstellungen tragen uns soviel ein, wie unsere Kapitalien! Die Worte des Vaterunser: Vergib uns unsere Schulden — sollten wir immer und ewig im Munde und auf einer großen Tafel vor der Brust tragen! Als auch wir vergeben Allen, die uns schuldig sind. Somit könnte uns geholfen werden, da wir fast wenig an Zinsen haben! Aber andere, die sich Menschen nennen, sind uns doch auch schuldig, vermöge des von Gott uns verliehenen Talentes, auch für unser ehrlich Auskommen besorgt zu sein. Sind wir doch so gut als die Herren Geistlichen und Professoren, auch Adams Kinder und Kinder Eines Gottes, und kann nicht mehr nachgewiesen werden, ob der Sohn Kain oder der Sohn Abel uns das verpönte Talent als Erbgut hinterließ. Obwohl allen Merkmalen nach der Letztere unser Stammvater leider nicht gewesen sein kann, sonst müßte sich ja der Fluch schon längst in Segen und auf der andern Seite, der Segen in Fluch verwandelt haben. — Der Geiz ist aber die Wurzel alles Uebels!!! und dieweil nur die wenigsten Kunstjünger demselben huldigen, so rächt sich dieser böse Dämon an uns, und sucht uns auf alle erdenkliche Art unseren angeborenen Sinn für das schöne, edle Streben: Der Menschen besseres Sein zum höheren zu erheben, zu vereiteln. Derselbe Schlimme, welcher die Kunst aus unseren Kirchen vertrieben, hat die schöne Kunst, die reine, hehre, herabgewürdigt und entehrt! So sind wir Bastarde geworden und sind arme, verschmähte Erdensöhne, denen mit all' den vielen Findelhäusern und Kunstausstellungen, Academien und Kunstvereinen nicht geholfen ist!"

Glänz hatte 4 Jahre an einem königlichen Stuhl für Berlin geschnitzt und erhielt vom Besteller nicht einmal einen eigenhändigen Brief, noch keinen Heller mehr bezahlt, sondern er mußte noch 4 Gulden 38 Kreuzer Briefporti bezahlen. Seinem Freunde Heß gegenüber bricht er in die Klage aus: „So geht es einem rechtschaffenen und wohlmeinenden Manne, der sein ganzes Leben, ja sein ganzes Sein der Kunst hingeopfert, für alles dieses empfängt man äusserste Noth, Mangel Verachtung, Nichtanerkennung und zuletzt noch Verspottung, als sei man selbst schuld, warum habe man nicht mehr gefordert oder warum so viel gemacht," und schließt: „Nun, Alles dieses kennen Sie, lieber Freund, auch."

Wir haben diese Bruchstücke aus unseres Künstlers Korrespondenz gerne wiedergegeben, weil seine Kunstgenossen durch diese ergreifenden Schilderungen ihrer Nothlagen wohl den besten Kommentar zum Verständniß seiner ebenfalls bedrängten Tage und damit Anlaß zu einem gerechteren Urtheil geben, als manche Zeitgenossen es über ihn fällten. Unser Mitgefühl erwacht für achtbare Männer, die offen den Schleier lüften, womit die Kunst gewöhnlich das ihr zu Theil gewordene Elend verdeckt.

Können wir dadurch die Härten mildern, die in der Beurtheilung, im Abschätzen, beim Kaufen von Kunstwerken oft rücksichtsloser Weise zu Tage treten, so wäre schon ein Erfolg erreicht. Solche, die materielle Mittel und zugleich Sinn für die Hebung der Kunst und der Künstler haben, können auch gute Werke thun, wenn sie freigebiger sind. Was uns aber besonders am Herzen liegt, ist, vor dem Ergreifen der Künstlerlaufbahn nach Kräften zu warnen. Wer sich nicht gestählt fühlt, den Kampf ums Dasein trotz allen Mühen und Widerwärtigkeiten aufzunehmen, wer mittellos und ohne außergewöhnliche Begabung ist, hüte sich wohl, der Fata morgana zu folgen, welche seine jugendliche Phantasie ihm vorspiegelt, indem sie ihm den Beruf des Künstlers als etwas besonders Herrliches vor die Seele malt. «Il vaut mieux planter ses choux», sagte sich ein schon prämirter junger französischer Künstler, als seine Erstlinge unberücksichtigt blieben, und ging und pflanzte Reben in Afrika und soll es nie bereut haben.

Bald nach dem im Jahre 1848 erfolgten Tode seiner Frau, fing auch Heß selbst zu kränkeln an. Ein Leberleiden warf den sonst kräftigen Mann Anfangs 1850 auf das Krankenbett. Sein vertrautester Freund, Herr Alexander Gysin und die beiden Aerzte Dr. Russer und Dr. Schwob bemühten sich redlich, ihm die nöthige Beihülfe zu einem Landaufenthalt zu verschaffen. Die Goldmittel kamen auf günstige Fürsprache des Rathsherrn Adolf Christ-Sarasin und des Pfarrers A. Sarasin-Forcart durch verschiedene ungenannte Gönner zusammen. Allein es war zu spät;

den 8. Juni erlag der nur 51 Jahre und 2 Monate alte Künstler der in Wassersucht übergegangenen Krankheit. Seine Gebeine ruhen unter einem einfachen Steine, welchen einige Freunde aus der Künstlergesellschaft ihm setzten, auf dem Friedhofe in der St. Johann-Vorstadt.

Einer seiner Freunde begleitete seinen Hinschied mit folgendem, seine Lebensrichtung trefflich bezeichnenden Vers:

„An Gläserklang und Rebensaft hat Heß wol seine Lust,
„Doch frischer Muth zum Malerwerk kommt ihm aus voller Brust:
„Drum zeigen seine Bilder auch des Lebens Ernst und Scherz,
„Und freudig preiset Alt und Jung des Malers Hand und Herz."

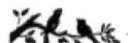

# Verzeichniß der Kompositionen
(Studien, Skizzen und Aquarelle)
von
## Hieronymus Heß.

Unsere öffentliche Kunstsammlung besitzt ein allgemeines Verzeichniß nach den vom Künstler hinterlassenen Notizen von Herrn Altbürgermeister J. J. Burckhardt Ryhiner, welches der Verfasser als Grundlage benützte, um das überhaupt hier noch Aufgefundene einzuordnen und genauer zu bezeichnen.

Da sonst noch Vieles vorhanden sein dürfte, so werden weitere Mittheilungen zur Ergänzung dieser Zusammenstellung erwünscht sein.

## Basel von 1815—1819.

### 1815.

Ein Raucher seine Pfeife anzündend. Copie nach dem Oelgemälde von Teniers in der öffentlichen Kunstsammlung. Aquarell. Birmann'sche Sammlung.

Zwei Aquarelle. Neustück, Maler und Camp, Kunsthändler, karrikirt. — Birmann'sche Sammlung.

Zwei „ Eine Federzeichnung. Neustück in seinem Atelier zeigt Künstlern und Kunstfreunden seine Gemälde. — Birmann'sche Sammlung.

1817.

Drei große Aquarellbilder nach den Holbein'schen Fresken vom Jahre 1521 im Rathhause, Zaleucus, Dentatus und Charondas, vom Rathe der öffentlichen Kunstsammlung geschenkt. Oeffentl. Kunstsammlung.

Drei große Aquarelle der Obigen. — Birmann'sche Sammlung.

Ein Aquarell. Zaleucus der Vater. do.

Drei große Federzeichnungen und Bleistift. do.

Ohne Datum. Die heilige Magdalene, Copie nach Carache. — Birmann'sche Sammlung.

    do. Eine Auferstehung Christi, do. do.

Zwei Portrait von Peter Birmann, Vater, in Aquarell. do.

Predigt der Frau v. Krüdener am Grenzacherhorn. Großes Aquarell. — Herr Emil Kellermann.


1818.

Großes Aquarellbild: Die alte Basler Künstlergesellschaft, mit 45 Figuren, Portrait und Namensverzeichniß. — Im Besitz des Kunstvereins.

Eine Hauptstudie für die Künstlergesellschaft. Aquarell. Großes Format. — Birmann'sche Sammlg.

Eine zweite Hauptstudie wie obige in Federzeichnung mit einigen fein ausgemalten Köpfen. — Birmann'sche Sammlung.

Zehn Studien für die Künstlergesellschaft. Tusch- und Federzeichnung. — Birmann'sche Sammlung.

Eulenspiegel kommt zu Brod, das nichts kostet. Federzeichnung von Heß (1818). Geistreiche Studie in einer Landschaft. Im Vordergrund ein Bote, dem Brode aus dem Sack fallen und dem ein über eine Brücke Kommender nacheilt. — Herr Burckhardt-Thurneysen.

Cornelius Nepos geht heim, als er betrunken war. Belebte Volksscene in einer Straße. Federzeichnung. — Herr Burckhardt-Thurneysen.

Christus mit den zwei Jüngern in einer Landschaft. Tuschzeichnung. — Herr Burckhardt-Thurneysen.

Portrait in ganzer Figur (ob Kunsthändler Camy?). Bleistift. — Herr Burckhardt-Thurneysen.

Der Bauerntanz, wie solcher am Haus zum Tanz auf der Eisengasse existirte. Aquarell. Preis Fr. 56. — Birmann'sche Sammlung.

Der Taufstein im Münster. Aquarell. — Birmann'sche Sammlung.

Ohne Datum. Die Schweizer Schwinger auf den Alpen. Aquarell. — Birmann'sche Sammlung.

Zwei Portraits: Maler Wocher, ein Unbekannter. do.

Portrait. Kopf eines Ritters in Helm mit Federbusch. Aquarell. do.

Portrait. Kampf von Geharnischten. Flüchtig gemalte Tuschzeichnung. do.

Christus am Kreuz, von Engeln umschwebt, mit Maria und Johannes. Wohl eine Copie. Tuschzeichnung. — Birmann'sche Sammlung.

1819.

Die drei in Basel hingerichteten Verbrecher, Studer, Feller und Deischler. Tuschzeichnung. — Mittelalterliche Sammlung.

Drei Bleistiftzeichnungen derselben, ohne Datum, mit Heß Unterschrift. — Herr Burckhardt-Thurneysen.

Ländi von Hegenheim. Bleistift. — Herr Burckhardt-Thurneysen.

Zwei Federzeichnungen. Ein alter Herr im Bett in einem Zimmer voller Tableaux. — Herr Burckhardt-Thurneysen.

Studienkopf, bezeichnet Cocher. Bleistift. Herr Burckhardt-Thurneysen.

Das Innere des Augustinerklosters mit dem Garten. Von H. Heß nach der Natur (1819). Aquarellzeichnung für Herrn Hug, Podell. — Herr Krayer-Ramsperger.

Gleiche Darstellung von Constantin Guise. Aquarell vor dem Abbruch 1842. Herr Krayer-Ramsperger.

Portrait des Vice-Königs Ferdinand von Neapel. Heß ad naturam 1819. — Herr E. Kellermann.

## In Neapel 1819—1820.

Vierzig Scenen aus dem neapolitanischen Volksleben, davon enthält das Burckhardt-Rychnerische Heß-Album. — Oeffentliche Kunst-Sammlung.

Zwölf Radirungen von 1819 datirt.

Sieben Bleistiftstudien. Italienische Mädchen. Skizze einer Landschaft, Ziegenstudien. — Oeffentliche Kunst-Sammlung.

Eine Federzeichnung. Gesellschaft von Künstlern 1819. — Oeffentliche Kunst-Sammlung.

Zwei Sepiazeichnungen aus der biblischen Geschichte. do.

Das Fest des heiligen Antonius. Probedruck der Radirung 1820. — Oeffentliche Kunst-Sammlung. Pause desselben vom Hauptbild. (1819) und Rom 1823. do.

Eine Radirung, heil. Hieronimus, von Figuren (Hogarth'scher Art) umgeben, ohne Bezeichnung.

Eine Jesuitenmissionspredigt.

Heimkehr de la Madonna del'Argo.

Der Improvisator auf dem Molo in Neapel mit Pulcinello auf dem Esel. Grössere Aquarelle. Rom 1820. — Herr Emil Forcart-Bilger.

Die Quadrupelallianz, das Königreich Neapel bedrohend. Heß 1820. — Präsident Imhof.

Zwanzig Studien von italienischen Mädchen, Hirten und dergleichen, ohne nähere Bezeichnung, meistens Croquis in Bleistift. Herr Ludwig Merian, Architect.

Dreißig Studien aus Italien von Frauen-Köpfen und dergleichen. — Burckhardt'sches Album in der öffentlichen Kunst-Sammlung.

## In Rom 1820—1823.

Selbstportrait von Heß. Bleistift und Aquarell. 1820 in Rom. — Präsident Imhof.

Bleistift-Studie. J. A. Koch, sitzend vor der Staffelei. 1821. — Herr Ludwig Merian.

Portrait von Joseph Anton Koch in Aquarell, ganz vortrefflich gemalt. 1823. — Herr Ludwig Merian.

Das gleiche Portrait wie obiges. Burckhardt-Album. Oeffentliche Kunst-Sammlung.

Portrait des Bildhauers Loisch in Rom. Aquarell. Burckhardt-Album. — Oeffentliche Kunst-Sammlung.

Karnevalscene in der Straße, große Komposition. Original-Federzeichnung. Burckhardt-Album. Oeffentliche Kunst-Sammlung.

Für den Alexander-Zug von Thorwaldsen malte Heß für Gebrüder Riepenhauser 6 große Bilder.

Vier Blätter Kupferstiche vom Alexander-Zug von Thorwaldsen, sculp. von Hendel und von Amsler. Burckhardt-Album. Oeffentliche Kunst-Sammlung.

Komposition der Judenschule. Blatt 8. Burckhardt-Album. Oeffentliche Kunst-Sammlung.

Komposition „o tempora o mores", heiliger Hieronymus und der Cardinal. Blatt 11. Burckhardt-Album. Oeffentliche Kunst-Sammlung.

Komposition. Heß mit seinen Freunden in Rom. Blatt 43. — Burckhardt-Album. Oeffentliche Kunst-Sammlung, auch Photographie von Felix Schneider.

Studie von Eleavno, Vaterfreude. Ein Vater schaukelt sein Kind. 1822 (vide 1847).

Die Bekehrung der Juden in Rom oder die Judenpredigt für Lord Kinnard. Aquarell. Idem für Riepenhauser & Thorwaldsen. Aquarell.

Das Fest des heiligen Antonius oder die Einsegnung der Pferde, Esel etc. Pause des Hauptbildes. Blatt 12. — Burckhardt-Album. Oeffentliche Kunst-Sammlung.

Eine Studie desgleichen. Original für Gebrüder Riepenhauser 1823. — Burckhardt-Album. Oeffentliche Kunst-Sammlung.

Diverse Zeichnungen für Pamaroli und für Engländer.

Staffage für Koch und andere Künstler in ihre Landschaften gemalt.

Ein Bürgermeister in Privatgeschäften.

Zwei Pfaffen mit einer Dirne. Federzeichnung. — Präsident Imhof.

Gesellschaft bei einer Vorlesung in Rom. 1823. Federzeichnung. — Burckhardt-Album. Oeffentliche Kunst-Sammlung.

## In Basel 1823—1825.

Die Judenschule oder die Synagoge in Rom. Federzeichnung. — Präsident Imthof.
idem. Pause. — Burckhardt-Album. Oeffentliche Kunst-Sammlung.
Restauration der Gemälde im Rathaus.
Diverse, für Kunsthändler Camy in Basel.
Ohne Datum. Kleines Portrait von Wilhelm Hogarth geb. 1697 † 1764; nach dem Original in London von Georg Cruikshank. Von Heß beigefügt. Hogarth steht unerreicht da und ihm verleiht die Kunst den höchsten Ruhm in fernster Zeit.
Eine Federzeichnung in Hogarth'schem Styl. — Burckhardt-Album. Oeffentliche Kunst-Sammlung.
Ein Bürgermeister mit Haarseckel, gefolgt von einem Herrendiener, Pfarrer in Krys und Habit. Burckhardt-Album. Oeffentliche Kunst-Sammlung.
Landschaft mit einem Tempel und mit Freimaurerzeichen. Heß invent. und fecit. 1825 seinem Freunde Jakob Heinricher, Baumeister. — Basler Künstler-Album. Band III.

## In Nürnberg 1825—1826.

Mehrere Arbeiten für Kunsthändler in Zürich.
   do.      do.     do.     do.   Camy in Basel.
Drei Studienblätter aus Italien und Nürnberg von Heß an Ludwig Richter gegeben. Herr Conservator Chr. Laroche.

## In Basel 1826—1850.

1826.
Zeichnung eines Don Quichotte. — Herr Emil Kellermann.
Pause der Judenschule. — Herr Emil Kellermann.
Pause auf die alte Zeit.          do.

1827.
9. October. Ein Kastanienbrater. Preis Fr. 24. — Für J. Rud. Brenner, Bilderhändler.
2. November. Ein Napoleon I. „ „ 30. do.
30. „ Judenweiler. „ „ 48. do.
Original-Aquarell: Die Schlaumeyer (1828). — Burckhardt-Album. Oeffentl. Kunstsammlung.
Entwurf dazu (1827). — Herr Alf. Von der Mühll.
Photographirt. Verlag von Felix Schneider.

1828.
21. Februar. Schweinehändler. Fr. 72. — J. R. Brenner, Bildershändler.
21. April. Dreizehn Musikanten. Fr. 162. do.
    1) Direktor.
    2) Erste Geige.
    3) Zweite Geige.
    4) Baßgeige.
    5) Trompone I.
    6) Waldhorn.
    7) Klapptrompete.
    8) Basson.
    9) Guitarre-Spieler.
    10) Guitarre-Spielerin.
    11) Trompone II.
    12) Klarinett.
    13) Flöte.
wurden in Thon gebrannt und 1830 von der Litographie Engelmann & Co. herausgegeben.
5. Mai. Eine Markgräflerin. Fr. 12. — Frau Burckhardt-Schönauer.
15. „ Der Krug geht zum Wasser bis er bricht. Fr. 96. — J. R. Brenner.
4. Juni. Ein Alpenhornbläser. „ 54. do.
28. „ Ein Schweizerbund. „ 124. do.
5. Juli. Ein Markgräfler. „ 12. do.
14. „ Doctor Stückelberger. „ 36. do.
22. August. Ein Affe. „ 6. do.
26. „ Doctor Stückelberger. „ 72. do.
1. December. Tell mit dem Knaben. „ 48 do.
10. „ Neudörflerin. — Frau Burckhardt-Schönauer.
Von den Musikanten sind die Entwürfe No. 1, 3, 4, 5 und 9 im Besitz von Herrn Lud. Meriam, Architekt. — No. 2 und 11 von Herrn Präs. Imhof.

Ein Affe mit menschenähnlichem Gesicht. Aquarell 1828. — Präs. Imhof.
Ein Duett. Zwei Musiker, Basson und Waldhorn. Aquarell 1828. — Präs. Imhof.
Das Echo. Zwei Musiker, Trompone und Klapphorn. Aquarell 1828.   do.
idem. Photographie von Varady.
Das Gartenconcert. Erste Violine und Trompone spielen vor einem Ehepaar. Aquarell 1828. —
    Herr Alb. Burckhardt.
Die Juden am Sabbath. Familienscene. Aquarell 1828. — Burckhardt-Alb. Oeffentl. Kunst-Smlg.
Studie zum Alphornbläser. Bleistift. — Herr Ludwig Merian.
Judenscene. Aquarell 1828.


1829.
26. Januar. Die sieben Schwaben. Aquarell. Fr. 120. — J. R. Brenner.
14. August. Kuhjud.            do.      „ 36.   do.
14.  „   Rößler, Coiffeur.    do.      „ 15.   do.
18.  „   Sein Portrait.        do.      „ 24.   do.
18. September. Nikeli und Boppi Keller. Aquarell. Fr. 31.  do.
20. November. Invalide.        do.      „ 36.   do.
Kaiser Albrechts Ermordung durch Hans von Schwaben mit den Portraits von J. A. Koch
    und Hieron. Heß, in Oel auf Holz gemalt. 1111. inv. und fecit. 1829. — Herr Emil
    Kellermann.
Ein Aquarell des gleichen Sujet besitzt Herr Burckhardt-Stessani in Mailand.
Die sieben tapferen Schwaben. Original-Entwurf. Bleistift. — Herr Alf. Von der Mühll.
Nikeli und Boppi einander an der Hand führend. 1111. d'après la nature. Aquarell 1829. —
                                                                    Präs. Imhof.
idem photographirt von Varady.
idem Federzeichnung, in der Spalenvorstadt mit Staffage. Stadttambour und Hafnermeister Oberlin.
    — Präs. Imhof.
idem photographirt von Varady.
Portrait in ganzer Figur, Rößler, Coiffeur, darstellend. Vorzügl. Aquarell. — Herr Alf. Merian.
Nikeli und Boppi, mit Bleisoldaten spielend. Aquarell. — Herr Gysin, Bierbrauer.
idem heliographirt von Besson.
Judenscene. Aquarell.
Ohne Datum. Mönch, **pro omnibus bibo.** Aquarell.
            in Kupfer gestochen.
    do.     Kapuziner **pro omnibus curo.** Aquarell. Herr Alf. Merian.
            in Lithographie.

Ohne Datum. Eine Studie. Fest des heil. Antonius. getuschte Federzeichnung. Herr Alfred Merian.
do. Ein Narr führt Geistliche zu einer spinnenden Frau. Federzeichnung. — Oeffentl. Kunstsammlung, Geschenk von Frau Weber-Fausst.

1850.

17. März. Namenstag des krummen Lieni. Aquarell Fr. 120. — J. R. Brenner.
10. April. Rabbiner. do. „ 6. do.
29. August. Don Quichotte. do. „ 96. do.
29. November. Wirthsmanier. do. „ 12. do.
Auch ich bin ein Kaufmann. Aquarell. — Herr Emil Kellermann.
Studie dazu. Tuschzeichnung. — Präs. Imhof.
Die Pferdemusterung durch jüdische Händler. Aquarell. — Herr Wilh. Bachofen.
Die Wirthspolitik. Heß fecit. Lithographie, vortreffliche Zeichnung.
Die Proposition. do. do. do..
Eine Meßscene.
Zur Proposition. Bleistiftzeichnung. — Herr Alf. Merian.
Der Tellenschuß mit dem Schwur der drei Eidgenossen. Stadtwappen und Schützenembleme, erfunden und gemalt im Jahre 1850. Aquarell. — Tit. Feuerschützengesellschaft auf der Schützenmatte.
Davon Pause durch seinen Freund und Collegen Rud. Braun, Maler. Zeichnung. — Künstleralbum Band II, fol. 45.
Der Tellenschuß mit dem Kind, den Apfel bringend. Studie hierzu. Zeichnung. — Burckhardt-Album. Oeffentliche Kunstsammlung.
Große Studie für obigen Tellenschuß. Zeichnung. — Burckhardt Album. Oeffentl. Kunstsammlg.
do. do. do. mit dem Schwur. Zeichnung. do.
Ohne Datum. Pause eines Gemäldes für Herrn Dreierherr Burckhardt. Tell zeigt Geßler den zweiten Pfeil in Altorf, mit ländlicher Scenerie. Eine vorzügliche Composition. — Burckhardt-Album. Oeffentliche Kunstsammlung.
Ohne Datum. Sechs Studien. Mönch, Schlosser, Guise, Maler, betender Mönch etc. — Burckhardt Album. Oeffentliche Kunstsammlung.
Der Malermeyster und der deutsche Geselle, dramatisch bearbeitet. Aquarell (1850.) — Herr Imhof-Rüsch.

1851.

27. November. Altes Ehepaar auf dem Kanapee. Aquarell Fr. 50. — J. R. Brenner.
     „         Doppelmädchen.               „    „  6.     do.
14. Juni.    Ein Wiedertäufer.               „    „ 15.    do.
10. Oktober. Der Zeitgeist.                  „    „ 50.    do.
Original des Wiedertäufer. Aquarell. — Herr Alfred Von der Mühll-Fürstenberger.
Ohne Datum. Prälat auf der Kanzel. Was ihr thun sollt, sagen euch meine Worte, was ihr lassen sollt, meine Werke.
Studie einer politischen Versammlung am Wirthstische. Federzeichnung. — Burckhardt-Album. Oeffentliche Kunst-Sammlung.
Nickeli und Boppi. Aquarell.
Kopf von Nickeli Münch. Aquarell. — Präsident Imhof.
Köpfe von Nickeli und Boppi. Bleistift. — Burckhardt-Album. Oeffentliche Kunst-Sammlung.
Ohne Datum. Portrait von Hieronymus Heß, gemalt von seinem Freund Rudolf Braun, Maler. Kunst-Verein Basel.
Ohne Datum. Professor Stückelberger als Vaterlandsvertheidiger. Aquarell.


1852.

7. April.    Der Bänkelsänger. Aquarell Fr. 120. — J. R. Brenner.
30. November. Hundecopie.         „    „ 15. —    do.
8. December. Napoleon.            „    „ 16. —    do.
Einer von unsere Lait. Lithographie 1852 durch Kunsthandlung Basler & Cie.
Ein Anderer von unsere Lait. Lithographie 1852 durch Kunsthandlung Basler & Cie.
Portrait von Herrn Benedict Möglin, Kunstfreund. Bleistift. — Herr Emil Kellermann.
Studien für die Kartons zu den Glasscheiben der Lesegesellschaft. (vide 1853).
Der erste Zorn eines Landschäftler Kindes für Heimlicher. Aquarell. — Frau Wittwe Ewig.
Eine Dogge. Aquarell. Herr Carl Burckhardt-Ryhiner.
Straßenscene in Basel. Ein Bänkelsänger mit Schautafel der Ueberschwemmung in Höllstein und des Basler Erdbebens, großes Aquarell. 48 cm. Höhe und 30 cm. Breite. — Herr Carl Burckhardt-Ryhiner.
Ein Drehorgelmann mit einem Affen, einem Waggis und einer Frau. Aquarell.

1853.

22. März. Napoleons Brustbild auf Stein gezeichnet. Fr. 16. — J. K. Bremer.
11. Mai. Ein Geldscheisser. „ 15. do.
28. November. Majour coloriet „ 5. — do.
20. December. Ein Affe. „ 6. — do.

Ein Karton für Scheibe der Lesegesellschaft mit dem Stiftungsdatum 26. Oktober 1787. Eine lesende Frauenfigur mit der Eule im Wappenschild, im Hintergrund das Münster. Oeffentliche Kunst-Sammlung.

Ein Karton für die Lesegesellschaft mit dem Datum der Einweihung 1832. Zum Andenken von Deputat Ferdinand Huber. Eine zeichnende Frauenfigur, im Wappen ein H, im Hintergrund das alte Gebäude und Aussicht auf Klein-Basel. — Oeffentliche Kunst-Sammlung.

Hoh fertigte die Zeichnungen an für 6 Scheiben in Grisaille mit Baselstab, Affe, Eichhörnchen, Vögeln mit Disteln, Dornen und Weinranken. Ferner für die Einrahmungen von 4 alten Scheiben von Bischöffen, Kardinälen und Rittern.

Sämmtliche Scheiben wurden von den Glasmalern Gebrüder Helmle in Freiburg i. B. hergestellt. — Lesegesellschaft.

Das Fest der Einsegnung der Thiere beim Fest des heiligen Antonius in Rom in Aquarell. Juv. 1825. — Herr Melchior Berri, Architekt.
Dito. Zeichnungsstudien. — Herr Emil Kellermann.
Dito. Photographie. do.
Pferdejuden. Zeichnung. do.
Basler Bürger. Karrikatur-Zeichnung. do.
Lucerna, erste Straßenbeleuchtung in Luzern mit Jesuit, der das Licht ausblasen will. Zeichnung. — Herr Emil Kellermann.
Entwürfe zu zwei Glasscheiben. Zeichnung. — Herr Emil Kellermann.
Altes Weib mit Milchtopf. Zeichnung. do.
Portrait von Herrn Dr. Schmidt. Zeichnung. do.
Executionstruppe: Außer Dienst. do.
Lithographie derselben. — Basler & Cie.
Ein Baselbieter mit erbeuteten Gegenständen. Aquarell. — Herr Emil Kellermann.
Zeichnung von Napoleon als Hussein Pascha, Général en Chef der türkischen Armee gegen die Russen. Die Sage ging, daß Napoleon von der Insel St. Helena entflohen und türkischer Feldherr sei.

1854.

Komposition zur Schlacht von St. Jakob, von Hieronymus Heß in holbeinischem Stile. Sepia Zeichnung. — Herr Emil Kellermann.
Eine Copie in Bleistift nach Hs. Baldung-Grün. Kreuzabnahme. - Herr E. Kellermann.
Komposition, Hinrichtung des Landvogt Hagenbach per Neujahrsblatt 1854. Tuschzeichnung. — Oeffentliche Kunstsammlung.
Eine Studie davon. Getuschte Federzeichnung. — Herr Lud. Merian.
Portrait von Peter Vischer-Passavant, Präsident der früheren Künstlergesellschaft, mit allegorischen Randverzierungen. Tusch- und Federzeichnung. — Herr El. Vischer-Merian.
idem. Kupferstich von Burger für das Neujahrsblatt der Künstlergesellschaft 1861.
Studie der Randverzierungen. Tusch- und Federzeichnung. — Herr Lud. Merian. Architekt.
Der Tagesbefehl. Gruppe der Bürgergarde, denen Oberst Müller den Tagesbefehl vorliest. Aquarell. — Herr Alf. Von der Mühll-Fürstenberger.
Die 30er Ereignisse in einer Meßbude und vor grossem Publikum dargestellt, für Herrn Archivrat Heimlicher in Aquarell. ?
idem. Die getuschte Studie dazu. - Präs. Imhof.
Ohne Datum. Bleistiftzeichnung nach der Natur. Mehlbürli und sein Kamerad, die frühere Schaarwache am Steinenbor. Mit Bleistift. - Präs. Imhof.
Mehlbürli. Getuschte Zeichnung. — Herr Alf. Merian.
idem mit dem Motto: Friede auf Erden, das waren mir selige Tage. Kolorirte Lithographie von Basler & Cie.
Davon Pause mit Bleistift. Burckhardt-Album. Oeffentliche Kunstsammlung.
Ein Musikconcert in Mariastein inv. 1854.
Ein Tiroler Citronenhandler, Zither spielend. Aquarell. — Frau Wwe. Ewig.

1855.

Komposition, das Basler Erdbeben von 1380, für das Neujahrsblatt. Tuschzeichnung. — Oeffentliche Kunstsammlung.
Schlacht von St. Jakob, für Herrn Oberst von Mechel, nachher General. Aquarell. 1 metre breit, 60 cm hoch. - Herr Dr. A. Kündig von Mechel.
Eine Copie nach dem Oelgemälde von Sasso Ferato. Madonna mit der Nelke und dem Kinde Jesu, für Herrn B. Mäglin. Tusch und Sepia. Herr Emil Kellermann.
O tempora, o mores, einseits der heilige Hieronymus mit dem Löwen, anderseits ein zuchtbrüchiger Cardinal mit einem Federbüschchen, äusserst fein ausgeführt. Aquarell. Herr Alf. Merian. Eine Wiederholung vom Jahr 1847 ist im Besitz von Hrn. Gz. Euler in Thal.
idem. Ebenso in Tuschmanier. Oeffentl. Kunstsammlung.
idem. Pause. — Burckhardt-Album. do.

Dogge. Aquarell.   Herr Emil Kellermann.
Hund und Katze zusammen, mit dem Motto: „Nicht alle Sprichwörter sind wahr." — Burckhardt-
   Album. Oeffentliche Kunstsammlung.
Hafnermeister Oberlin. Aquarell. — Herr Emil Kellermann.
Ohne Datum. Panis von Metzgermeister Pfannenschmid. — Burckhardt-Alb. Oeffentl. Kunstsammlg.
   do.   Thierisches Erb., unbeschreibbar.            do.
   do.   Schlosser, der Glaser.                       do.
Komposition, ein Armbrustschießen im 16. Jahrhundert. Federzeichnung ohne
   Bezeichnung. — Sammlung des Kunstvereins Solothurn.
Komposition. Dasselbe, colorirte Lithographie, bezeichnet 1814. — Herr Zecker, Antiquar.


1836.

Komposition, das Basler Erdbeben, Begräbnuß der Todten, für das Neujahrsblatt 1836.
   Tuschzeichnung. — Oeffentliche Kunstsammlung.
Acht Copien der Holbein'schen Passion, nach dem Original, in Federzeichnung. — Herr Emil
   Kellermann. Auf Bestellung von Herrn Benedict Mäglin.
Nickeli, den Boppi Keller rasirend.
Nickeli und Boppi beim Frühstück. Aquarell. — Herr Gysin, Bierbrauer.
Ohne Datum. Die Basler Schnitzelbank. Aquarell. — Herr Rud. Brüderlin.
   1) Der Doctor Eisenbart.
   2) Blinder und Lahmer.
   3) Dem Koch wird mit dem Bratspieß zu Ader gelassen.
   4) Beinoperation.
   5) Der Doctor beim Krankenbett.
   6) Aderläße dem Kaiser Franz.
   7) Napoleon zu Pferd, seine Grenadiere die Pfaffen verjagend.
   8) Der Jäger Pulverrauch und der Doctor.
   9) Doctor zeigt auf den Leichenzug und das Memento mori an der Kirchhofmauer.
   do.   Ueber einen anderen Schnitzelbank auf Prinz Eugen der edle Ritter, fehlen uns nähere
         Angaben.

1857.

Komposition. Tschoggebürtin, in's Kloster der Kartaus eintretend, für das Neujahrsblatt 1857. Tuschzeichnung. — Oeffentliche Kunstsammlung.

Copien dreier Bilder aus Holbeins Passion, in Aquarell ausgeführt für Herrn Benedict Mäglin, per Stück 10 Louisdor, nicht fortgesetzt, weil Heß dann für 3 weitere Bilder per Stück 20 Louisdor forderte.

Ruhe der Schnitter unter einem Baum. Geschenk von Herrn Hasler.    Künstler-Album Band II. Fol 43.

Auch ich bin ein Musensohn. Kapellmeister, eine Musikbande dirigirend. Große Komposition, Höhe 60 cm, Breite 48 cm. In Aquarell ausgeführt. — Frau Wwe. Schöck-Hindermann.

Auch ich bin ein Soldat. Militärische Scene bei der Stadtbewachung. Aquarell. — Frau Wwe. Schöck-Hindermann.

Photographirt von Parady. — Verlag von Felix Schneider.

Auch ich bin ein Handelsmann. Judenknabe mit Korb als Kramladen, vor einem Kaufmanns-laden; in der Straße treibt ein Sundgauer eine Heerde Schweine. Aquarell. — Frau Wwe. Schöck-Hindermann.

idem.    Studie in Tusch. — Präs. Imhof.

Auch ich bin ein Regent. Staatsmann im Frack, mit dem Bundesweibel und Jesuiten. Aquarell. — Frau Wwe. Schöck-Hindermann.

Spinnendes italienisches Mädchen, in einem Hof mit Hühnern und anderen Haustieren. Aquarell. — Frau Wwe. Schöck-Hindermann.

die Zeichnung davon in Bleistift aus Italien befindet sich bei Herrn Ludwig Merian.

Scene aus der Kunstsammlung auf der Mücke. Aquarell.


1858.

Die Schlacht von St. Jakob, in Oel auf Holz gemalt, 1 m. breit, 70 c m. hoch, für Fräulein Linder. — Oeffentliche Kunst-Sammlung.

Eine frühere dito, in kleinem Format 1848. 1858. Aquarell.    Herr Albrecht Burckhardt.

Komposition. Thomas Platter von Heß und Isaak Pack für das Neujahrsblatt. Tuschzeichnung. — Oeffentliche Kunst-Sammlung.

Studie für das Neujahrsblatt. Thomas Platter. Bleistift.    Herr Ludwig Merian.

Die Kunstgant zu Schnieden, mit wohlgetroffenem Portrait von Kunsthändlern, Kunstfreunden und Künstlern. Aquarell.    Herr Albrecht Burckhardt.

Portrait in Aquarell von J. Auvenzen, Architekt. Aquarell. — Präsident Imhof.

Portrait dreier seiner Schüler, A. Landerer, Auvenzen und Syffert.    Präsident Imhof.

Ohne Datum. Portrait von Michel, Käser. Aquarell. — Burckhardt Album. Oeffentliche Kunst-Sammlung.

Porträt von Bienz, Kaminfeger. Aquarell. — Burckhardt-Album. Oeffentliche Kunst-Sammlung.
do. do. Rudolf Wolleb. do. do. do.
Löwenkopf. Heß ad naturam. Aquarell. — Präsident Imhof.
Ohne Datum. Komposition, das Laubhüttenfest. Aquarell. — Herr Streichenberg-Burckhardt.
Do. Studie davon. Tusch- und Federzeichnung. — Herr Ferdinand Rüsch.

### 1839.

Komposition, Erasmus und Froben, für das Neujahrsblatt. Tuschzeichnung. — Oeffentliche Kunst-Sammlung.
Achtundzwanzig Blätter, Studien zum Todtentanz, in Feder- und Bleistiftzeichnung vide 1840. Burckhardt-Album. Oeffentliche Kunst-Sammlung.
Nickeli im Beichtstuhl. Aquarell.
Außer Dienst. Exekutions-Soldat.
Photographie von Parady davon. 1840.

### 1840.

Komposition, Erbauung der Rheinbrücke. Durch Bischof Heinrich von Thun. Neujahrsblatt. Gezeichnet von Eliz Wolf. — Oeffentliche Kunst-Sammlung.
Die Zimmermannsfamilie. Studie in Tusch. — Künstler-Album. Komposition vide 1841.
Kapelle einer fahrenden Schauspielerbande, die in einer Scheune, in welcher das Theater aufgeschlagen ist, Probe hält. Aquarell. — Herr Carl Burckhardt-Ryhiner.
Porträt von Froben nach Holbein. Neujahrsblatt 1840. — Oeffentliche Kunst-Sammlung.
Komposition des Todtentanz, vierzig Blätter. Aquarell-Originale. — Herr LaRoche-Ringwald.
Achtundzwanzig Blätter, Studien. — Burckhardt-Album. Oeffentliche Kunst-Sammlung.
Vierzig Blätter in Lithographie, mit Text gezeichnet von Danzer für Hasler & Cie. — Verlag von Albert Sattler

wie folgt:
1) Titelblatt. Memento mori. Zwei Skelette mit Hippe und Trommel vor dem Beinhäuschen.
2) Pabst, der leibhaftige Tod mit dem Rosenkranz trommelt ihm auf einem Todtenschädel.
3) Kaiser, der Tod mit Augen, Haar und Bart.
4) Kaiserin, Tod mit fliegenden Haaren und geschlossenen Augen.
5) König, der Tod mit Horn und geschwungener Standarte, die den mageren Fleischkörper umzieht.
6) Königin, Tod ähnlich, mit herabhängenden Brüsten und aufgelösten Haaren.

7) Cardinal, Tod mit Hut bedeckt und Körper.
8) Bischof, an der Hand führend.
9) Herzog, an der Hand führend, den Rücken kehrend.
10) Herzogin, in Tuch verhüllt und die Laute spielend.
11) Graf, der Knochenmann hat Augen und Haar, dem Grafen ähnlich.
12) Abt, der Tod trägt die Bischofsmütze.
13) Ritter, der Tod mit Flaus überm Panzer senkt das Schwert zu Boden, zieht den geharnischten Ritter an den Haaren.
14) Jurist, schwarz verhüllter Tod mit gekrümmtem Nasenbein, ihm entgegen gestikulirend.
15) Rathsherr im Mantel und Stab, der Tod ihn zum Mitkommen umfassend.
16) Chorherr, der Sensenmann mit Clarinet und mit schwarzem Tuch behängt, faßt ihn bückend an der rechten Hand, geschorener Scheitel.
17) Doctor, das Gerippe nimmt den Doctor, der ihn offenen Auges scharf ansieht und den leeren Becher in der Hand hat.
18) Edelmann, Tod mit gespaltenem Schädel und langem Schwanz zieht den Geharnischten mit sich fort.
19) Edelfrau, rücklings im Spiegel den Tod erblickend.
20) Kaufmann, hinter ihm der Tod, der nach der Waage greift, wo der Knochen die Schale in die Höhe zieht.
21) Abtissin, der Tod lüpft ihr das Fürtuch und beißt sich in Finger.
22) Krüppel, hat den Bettelsack um, mit Stelzfuß, ebenso der Tod, der gen Himmel weist.
23) Waldbruder, mit Paternoster, lebhaft schlägt der Tod mit Knochen auf eine geöffnete Laterne, worin eine brennende Kerze.
24) Jüngling, der grinsende Tod mit sträubenden Haaren zieht ihn trotz Widerstreben fort.
25) Wucherer, vor der Geldkiste, wird vom teuflischen Schwarzen am Kragen genommen.
26) Jungfrau, der Tod mit Brautkranz reißt sie zum Tanze fort.
27) Kirbeypfeifer, ein mit Reblaub gegürteter Tod, den Meisl hochhaltend, führt den dahinsinkenden Pfeifer.
28) Herold, dem das Scepter entfällt, während der Nackte ihn am Arme hält.
29) Schultheiß, vom Rücken her überfällt ihn der kahle Tod.
30) Scharfrichter, der Sensenmann mit der Sichel in der Hand, faßt er den das Schwert ziehenden um den Leib, als einer Seinesgleichen.
31) Narr, im Narrengewand und der Rollkappe, führt er den Narren an der Hand.
32) Krämer, den Korb voll Orden, Paternoster, Spielkarten, Strümpfen, Handschuh, Bürsten, zieht er mit dem Krämer fort.
33) Blinder, der Tod, der ihm den Stab genommen, durchschneidet den Faden des Hundes, und der mit der Hand tastende Blinde steht am Rande des Grabes.
34) Jude, mit weißem Kopftuch und Kinnbart nimmt der bekleidete Tod den Rabbi, dem er den Beutel genommen, am Bart.
35) Chinese, am kahlen Schädel hängt der Zopf und an der mit langen Nägeln versehenen Hand führt der Tod den civilisirten Halbbarbar fort.

56) Koch, der Dickbauch, mit Kochlöffel und Hafen und wohlgeschürzt, nimmt der mit dem Bratspieß davoneilende Freund heim fort.
57) Bauer, kragt sich in dem Haar, weil ihn der Tod den Hut genommen, doch hält er seinen Korb, sein Schwert und Dreschflegel.
58) Maler, Hs. Heß sitzt hemdärmelig vor der Staffelei, worauf sein Bild Gott Vater mit Schwert und Waage, und blickt der eingehüllte Tod hinter dem Bilde hervor, der Maler, dem zur Linken die Sanduhr, zur Rechten der zinnerne Krug, antwortet:

„Freund! Tritt hervor, du schreckst mich nicht!
Mich freut dein blasses Angesicht.
Nach manchem bittern Erdenschmerz
Führe deine Hand mich himmelwärts."

59) Wirth, mit Hut und Fuchsschwanz, der davoneilende Tod mit vollem Bierglas, faßt den dickleibigen, den Bumpen haltenden und den Hut abziehenden Wirth, der aufschreit, an der rechten Hand.
40) Schuster, windet sich jämmerlich und spricht, während der mit Lederkappe und Lederschurz bekleidete Tod den Knieriemen schwingt:

„Ich war genug geplagt im Leben,
Was willst du mir noch Schläge geben!"

### 1841.

Komposition, die Familie des Zimmermanns, mit allegorischen Figuren eingefaßt. Große Tuschzeichnung. — Herr Wilhelm Hübscher-Eichtenhahn.
Ohne Datum. Porträt von J. J. Falkeisen, Kupferstecher und Maler. Zeichnung. — Herr Carl Burckhardt-Rybiner.
Ohne Datum. Porträt von Bildhauer Hch. Max Imhof in Rom. — Herr Melchior Berri.
Ohne Datum. Vier Freunde trinkend an einem Tisch. Geschenk von Frau Wittwe Buxtorf-Falkeisen. Oeffentliche Kunst-Sammlung.

### 1842.

Komposition. Ein Zunftessen in Basel. Aquarell. 60 cm. breit, 40 cm. hoch. — Herr Alfred Merian.
Studie zum Zunftessen, erster Entwurf. Federzeichnung. — Herr Ludwig Merian.
Landwehrmanns-Auszug, 12—25. „Und bringen emel an ordli wieder heim". Feder und Bleistift. Herr Ludwig Merian.
Photographie von Parady. Verlag von Felix Schneider.

Komposition. „Ich weiß nit wie mer ist."
 Photographie von Parady. — Verlag von Felix Schneider.
Notar und Jude oder ein anderer von unsere Zeit. Fein ausgeführtes Aquarell.   Herr
 Alfred Merian.
idem. — Herr Hermann Wirz.
 Photographie von Parady. — Verlag von Felix Schneider.
 Lithographie. — Verlag von Hasler & Cie.
Ay einer von unsere Zeit. X...., der dem Juden Hellebarde und Perücke verkaufen will.
 Aquarell. — Herr Alfred Merian.
 Lithographie von Hasler & Cie.
Pause von 2 Soldaten. — Birmann'sche Sammlung. Oeffentliche Kunst-Sammlung.

## 1847.

Zwei Kompositionen für die Glasscheiben von Herrn Bürgermeister Felix Sarasin. Große
kolorirte Karton in sechs Abtheilungen, 2½ m hoch, 1½ m breit.
 1) Kaiser Heinrich II., Erbauer des Münsters; oberhalb das Reichswappen, unterhalb
  der Münsterbau.
 2) Bischof Heinrich von Thun. Erbauer der ersten Rheinbrücke; oberhalb sein Wappen,
  unterhalb der Brückenbau.
   Nach diesen Kartons sind von Gebrüder Helmle in Freiburg i B. die Glasscheiben
 für das Pavillon in Fenstergröße verfertigt worden.
Die Entwurfsstudien zu obigen Kartons in zwei kolorirten Blättern sind im Besitz von Herrn
 Emil Kellermann.
Ein Kremplerladen am Imbergäßchen, mit dem Portrait von Schlosser, Glasermeister. Aquarell —
 Herr Alf. Merian.

## 1844.

Zwei Kompositionen für Glasscheiben von Herrn Bürgermeister Felix Sarasin. Große colorirte Karton in zwei Hälften zu drei Abtheilungen, 2½ m hoch und 1½ m breit.
 1) Bürgermeister Roth. mit Schloß Wardenburg; oberhalb das eidgenössische Kreuz mit
  den elf Kantonswappen, unterhalb die Spinnerin unter dem Thore.
 2) Reformator Oekolompad; oberhalb Gott Vater, unterhalb Oekolompad auf dem Sterbebette.
   Nach diesen Kartons sind von Gebrüder Helmle in Freiburg i B. die Scheiben für das
 Pavillon in Fenstergröße verfertigt worden. Datum 1844.

In dem Pavillon sind acht lebensgroße Portraits von Amerbach, Thomas Platter, Kaiser Heinrich, Bischof von Thun, Papst Aneas Sylvius, Hans Holbein, welche von Maler Dürheim von Bern 1843—1844 gemalt worden sind, ferner von Heß:
Die Predigt von Oekolompad in der Martinskirche, schön ausgeführt. Aquarell. (1844.)
Der Schwur vor dem Rathhause bei Aufnahme Basels in den Bund. Aquarell. (1843.)
Entwurfsstudien zum obigen Karton in zwei colorirten Blättern besitzt Herr Emil Kellermann.
    do.    Basel in Bund aufgenommen    do.
    do.    Predigt von Oekolompad zu St. Martin.    do.

### 1845.

Komposition, der Bundesschwur beim Rathhaus, vide 1844, für das Neujahrsblatt. Tuschzeichnung. — Oeffentliche Kunstsammlung.
Komposition, der heilige St. Gallus. Tuschzeichnung. — Oeffentliche Kunstsammlung.
Zwei kolorirte Kartons für Glasscheiben:
    1) Johannes der Täufer. — Oeffentliche Kunstsammlung.
    2) Johannes der Evangelist.    do.
Von S. M. werden die Jesuiten als willkommene Gäste, denen die Kassen offen stehen, eingeladen. Aquarell. — Herr Alf. Merian.
Ohne Datum. Eine Studie mit dem Herrendiener, dem Schlossermeister Münch. — Herr Alf. Merian.
Pferdemusterung vor der Kaserne. „Als das Pferd hat g'hört ein General Ney." Aquarell. — Herr Merian-Sarasin.
Der Baselstab, durch einen sich bückenden Jesuiten den Geldsack mit beiden Händen haltend, dargestellt. Aquarell. — Frau Wwe. Doswald-Seul.
Schlossermeister Münch, Freischärler gegen die Jesuiten, mit Motto. Aquarell. — Herr Casimir Jecker, Antiquar.

### 1846.

Kolner, der Saure, als Scharfschütze und Pfr. B.... Aquarell. — Herr Alf. Merian.
Pflumeboppi, Zeitung lesend. Aquarell. — Herr Alf. Merian.
Senzal H..... Aquarell. — Herr Alf. Merian.
Metzger Pf... mit Aepfel vom Markt kommend. Aquarell. — Herr Alf. Merian.
    Zeichnung dazu. — Burckhardt-Album. Oeffentliche Kunstsammlung.

Lohnkutscher im Schanzenlaufer und die Eisenbahn. Aquarell. – Herr Alfred Merian.
Idem. Lithographie von N. Weiß. – Verlag von Herrn Lanz.
Eine sitzende schöne Italienerin, als aus der Historie der Susanna. Zeichnung in Rom ad naturam 1825. Aquarell. Exudit Basil 1846. – Herr Alfred Merian.
Kompositionen für sechs Glasscheiben für Herrn Architekt Heimlicher in sechs Kartons von 40 cm. hoch, 30 cm. breit.
Tuschzeichnungen zum Theil mit Gold und Weiß erhöht, die sieben Werke der Barmherzigkeit vorstellend. – Herr Imhof-Nuch.
   1 und 2. St. Elisabeth, die Hungrigen speisend und die Durstigen tränkend.
   3. Albrecht Dürer wird von Erasmus gastlich aufgenommen.
   4. St. Martin bekleidet einen Bettler.
   5. Franz I. beim Krankenbett von Leonardo da Vinci.
   6. Cimons Tochter säugt ihren greisen Vater im Gefängniß.
   7. Ein Aussätziger begräbt einen an der Pest gestorbenen.
Ein geharnischter Ritter mit dem Motto, Andreas Falkner: "Ein Kriegsmann stand bei St. Jakob-Wurstisen". Hess fecit. 1846. 40 cm. hoch 20 cm. breit. Aquarell. – Herr Rud. Falkner. N. N.
Die vier Jahreszeiten, in vier Figuren mit den Attributen. Aquarell. – Herr Jeker, Antiquar.

1847.

Der Kusertanz auf dem Marktplatz. Nach einer früheren Komposition und einer Menge von damaligen Persönlichkeiten, worunter auch der Maler neben einer Markgräferin gemalt für Herrn Rathsherr Geiger. Aquarell. – Herr Dr. Adolf Geiger.
Photographie davon durch Rud. Lanz.
Komposition, der Triumph des Todes. Lithographie von Herrn Aley. Gwinn.
Kutscher, in der Nacht den Wegweiser erklimmend, während die Herrschaft im Wagen wartet. Aquarell. – Herr Alfred Merian.
Illustration zum Lied von J. C. Lavater für Schweizerbauern
   "Stimmet wackere Schweizerbauern, stimmt ein Lied mit Freuden an."
Oberhalb des eidgenössischen Kreuzes ein Schnitter, ein Sänger und ein Senn in Gebirgs-Landschaft, unten ein Alphorn in einem Eichenkranz und ein Herz zwischen Alpenrosen mit aufgehender Sonne. – Getuschte Federzeichnung. Hess inv. und fecit. 1847. Präsident Imhof.

1848.

Komposition in zwei Tableaux.
1) Holbein mit seinen Freunden im Wirthshause, auf seine Beine am Haus zum Tanz zeigend.
2) Holbein wirft den englischen Lord die Treppe hinunter. In architektonischer Umrahmung, im untern Felde links Bauerntanz, rechts Todtentanz; in Aquarell ausgeführt. Herr Ed. Burckhardt-Merian.

Eine Käsedruckete.
Der Bürger und der Bauer drücken auf einer Bank auch einen Aristokraten heraus, nachdem ein Geistlicher schon herausgepresst worden und am Boden liegt. Aquarell. — Herr Ludwig Merian.

Das Konzert in Mariastein, inv. 1834. Für den Basler Kunstverein in Aquarell ausgeführt. — Künstler-Album. Band II.

Kanzler Thomas Morus stellt Hans Holbein dem König Heinrich VIII. vor. Geschenk von Herrn Bürgermeister Felix Sarasin. — Künstler-Album. Band II.

1849.

Vier kolorirte Kartons, 60 cm. und 45 cm. breit. — Herr Burckhardt-Merian.
Kompositionen für vier Glasscheiben durch Helmle und seine Söhne in Freiburg für Herrn E. Merian ausgeführt. — Herr Burckhardt-Merian.
1) Ehrmann Merian erobert in der Schlacht von Novarra 1513 eine Fahne.
2) Rudolf Merian sterbend in der Schlacht von St. Jakob 1444?
3) Theodor Merian des kleinen Raths, beim Einzug Kaisers Ferdinand I. auf der Rheinbrücke 8. Januar 1563.
4) Matheus Merian, der Maler und Kupferstecher in seinem Künstleratelier mit zwei Söhnen und der Tochter Sybilla, und verziert mit den Portraits von Kaspar Poussin und A. Koch, sämmtliche in schönem Kolorit, reicher Einrahmung und Ornamentik, Säulen und Tropäen, in vorzüglicher Zeichnung.

General Linder, vorzügliche Copie nach dem Bilde im Museum. Aquarell. — Herr Alfred Merian.
Zwei Guitarrespielende. Zeichnungen. — Herr Emil Kellermann.
Ein Gartenconcert. Zeichnung. — Herr Emil Kellermann.